FÜR IMMER GEZEICHNET

LIEBE AUF DER PURPLE HEART RANCH

SHANAE JOHNSON

Übersetzt von
ANNEROSE KELLER

KAPITEL EINS

Staub stieg von dem Kiesweg auf, als der gelbe Schulbus vor der Zufahrtsstraße zur Bellflower Ranch hielt. Allerdings nannte niemand die Ranch so. Es war ein Ort, an dem verwundete Kriegsveteranen innere und äußere Heilung fanden. Und so hatten die Bewohner der Ranch das weitläufige Gelände in Anlehnung an das Verwundetenabzeichen der US-Streitkräfte kurzerhand „Purple Heart Ranch" getauft.

Sean Jeffries sah zu, wie der Bus neben der Kantine hielt. Die Kantine war ein umgebautes Ranchgebäude, in dem die Veteranen ihre Mahlzeiten einnahmen. Oder zumindest die Veteranen, die nicht verheiratet waren. Denn die Zahl der alleinstehenden Männer auf der Ranch schrumpfte zusehends. Jetzt gab es nur noch zwei, und Sean war einer von ihnen.

Schon bald würden keine alleinstehenden Männer mehr auf der Ranch wohnen. Die für das Gebiet geltende Bauverordnung, die festlegte, dass die Ranch nur von Familienmitgliedern bewohnt werden durfte, würde Ende des Monats in Kraft treten. Wenn dieser Tag kam, würden Sean und der andere Übriggebliebene, Xavier Ramos, das Gelände verlassen müssen. Es war ein Tag, auf den sich Sean nicht gerade freute. Doch er konnte nichts daran ändern. Er hatte nicht vor, bald zu heiraten und würde es vermutlich nie tun.

Statt an sein eigenes Schicksal zu denken, konzentrierte sich Sean lieber auf die Zukunft der Ranch. Diese Zukunft stieg gerade aus dem Schulbus. Einer nach dem anderen kamen die schmuddeligen Jungs die Stufen herunter. Ein paar von ihnen schauten sich mit großen Augen auf der Ranch um. Andere bildeten Grüppchen, in denen sie sich eng zusammendrängten. Wieder andere hielten sich abseits und blieben allein.

Sean machte keiner der drei Gruppen ihr Verhalten zum Vorwurf. Er selbst hatte am ersten Tag seiner militärischen Ausbildung allerdings anders dreingeblickt. Er hatte seinen Vorgesetzten, seinen Kameraden und dem gesamten Ablauf vollkommen vertraut. Dieses Vertrauen hatte ihm während seiner Ausbildung sehr geholfen. Doch als er schließlich draußen auf dem Feld war und mitten im Kriegsgebiet stand, hatte diese Ausbildung versagt, was seinen Gefährten beinahe das Leben gekostet hätte.

Die Nachmittagssonne brannte heiß auf ihn herunter. Sean wich in den Schatten der Scheune zurück. Im gleißenden Licht zu stehen und die Hitze der Sonne auf seiner Haut zu spüren, versetzte ihn wieder zurück in den Albtraum der Explosion. Erneut sah er, wie die schrecklichen Ereignisse dieses Tages vor seinen weit offenen Augen abliefen.

Männer, die zusammen eine Schule für ihr Dorf bauten. Frauen, die ihre Hilfe anboten, weil sie ihren Familien eine bessere Zukunft schenken wollten. Kinder, die aufgeregt herumrannten, weil sie sich auf die Chancen freuten, die sie bald bekommen würden. Und ein Kind, das abseits stand und ein Geheimnis hatte, das bald alles in sich zusammenstürzen lassen würde.

Sean ballte die Fäuste. Seine Hände waren leer. Sie hielten keine Waffe mehr. Nach seinem Fehler an diesem Tag hatte er die Waffen niedergelegt und seitdem keine mehr in die Hand genommen. Er hatte sich auch von Fremden im Allgemeinen ferngehalten, und ganz besonders von unschuldig aussehenden Kindern.

Neben ihm saß Star und hechelte schwer in der Mittagssonne. Die Mopsdame kratzte sich heftig und ihre Krallen schabten über die kahlen Stellen auf ihrem Rücken. Ein paar der anderen Hunde warteten aufgeregt, bis die neuen Menschen endlich aus dem Bus gestiegen waren. Vermutlich hofften sie auf neue Spielgefährten. Aber Star war eine vorsichtige kleine Hündin. Sie war einmal zu oft von Menschen verstoßen worden, um ihnen sofort zu vertrauen.

Die meisten der Kinder aus dem Bus hatten eine dunkle Hautfarbe. Sie wohnten alle in dem gleichen Viertel der Innenstadt. Das Viertel, in dem Sean seine Kindheit verbracht hatte, war nicht so einheitlich gewesen. Er war in einem Umfeld aufgewachsen, in dem sich viele verschiedene Hautfarben und Kulturen vermischt hatten; der wahre amerikanische Traum, in dem Menschen aus reichen Familien und Menschen, die es selbst zu Erfolg gebracht hatten, relativ harmonisch zusammenlebten. Im Grunde wie die Veteranen, die auf dieser Ranch wohnten und die nun diesen Jungen aus schwierigen Verhältnissen eine helfende Hand entgegenstreckten.

„Willkommen auf der Purple Heart Ranch", sagte Francisco DeMonti. „Ihr zwölf seid für unser Jugendprojekt ausgewählt worden, weil ihr in der Schule Schwierigkeiten habt. Einige von euch haben schulische Probleme, andere kommen mit ihren Mitschülern nicht zurecht, wieder andere haben ein Problem damit, sich unterzuordnen – und bei manchen sind es alle drei Sachen."

Seitdem die Ranch vor einem Jahr eröffnet worden war, damit hier verwundete Soldaten gesund werden konnten, war dieses Projekt ein Traum von Fran und Dylan gewesen. Keiner von ihnen hatte eine schwierige Jugend gehabt. Sean vermutete, dass die beiden die Jugendlichen unbewusst auf ein Leben beim Militär vorbereiten wollten.

Trotz all der Narben, die sie davongetragen, der Gliedmaßen, die sie geopfert und der Freunde, die sie verloren hatten, bereute Sean die Jahre im Dienst nicht. Die US-Armee hatte ihn zu dem Mann gemacht, der er war – einem Mann, der Loyalität und Ehre kannte. Einem Mann, der wusste, dass nicht bei jeder Armee die gleichen Werte galten und dass manche aus Männern Monster machten.

Sean wusste auch, dass es keine von einer Regierung gesteuerte Armee sein musste, die Männer und junge Burschen auf den falschen Weg führen konnte. In manchen amerikanischen Städten sah es auf der Straße schlimmer aus als in Syrien und Afghanistan. Es war für diese Jungen besser, beim Militär zu landen als in einer Straßengang.

Doch die Jungen hörten Fran gar nicht zu. Ihre Aufmerksamkeit wurde auf zwei Männer gelenkt, die auf Pferden herbeigeritten kamen.

Als sie die Gruppe erreicht hatten, schwang Dylan seine Beinprothese über den Pferderücken und saß ab. Neben ihm tat Reed Cannon das Gleiche. Als seine Füße auf dem Boden aufgekommen waren, legte er den Zügel der Stute über seiner Armprothese.

„Mann, hier ist ja alles voller Krüppel", hörte Sean einen der Jungen laut genug flüstern, so dass alle es hören konnten.

Sean blieb zusammen mit Star im Schatten. Der Mops blickte ihn mit seinem mit Narben übersäten Gesicht an. Die Hündin hatte ein Gesicht, das nur eine Mutter lieben konnte. Das gleiche hätte man über Sean sagen können. Sean streckte seine Hand aus und kraulte die Hündin unter dem Kinn, um ihr

Sicherheit zu geben. Sie ließ begeistert die Zunge heraushängen.

Sean erzählte der Hündin nicht gönnerhaft von oben herab, dass schließlich die inneren Werte zählten. Er wusste nur zu gut, dass die Menschen zuerst das Äußere bewerteten und oft gar nicht so weit kamen, um den Charakter einer Person kennenzulernen.

„Guckt euch bloß die Hunde an", kicherte ein anderer Junge und zeigte auf die Tiere.

Soldier, der dreibeinige Chihuahua, und Spin, der Irish Terrier mit Rollstuhl, saßen hechelnd da und warteten ungeduldig auf die Erlaubnis, auf die Jungen zuzustürmen und sich ihren neuen Freunden vorzustellen.

„Yo, Mann, und siehst du den Quasimodo dort drüben?", sagte ein anderer Junge. Er zeigte mit seinen Wurstfingern auf den Schatten, in dem Sean stand.

Eines musste Sean dem Burschen zugutehalten – er schien sich immerhin in der Literatur auszukennen. Sean war tatsächlich ein entstellter Mann, der sich im Schatten verbarg. Die Narben auf seinem Gesicht waren ein Souvenir aus seiner Zeit im Dienst, genau wie Dylans fehlendes Bein, Reeds fehlender Arm und das Schrapnell, das in Frans Brust steckte.

Fran ließ einen lauten Pfiff ertönen, um die Aufmerksamkeit der Jungen wieder auf sich zu lenken. Natürlich streckte keiner von ihnen den Rücken durch, hob das Kinn oder stand stramm wie ein Soldat, wenn man sie zur Ordnung rief. Aber sie verstummten und richteten ihre Augen wieder auf Fran.

Fran ging nicht mit Worten auf die Kommentare der Jungen ein. Wie alle anderen Soldaten auf der Ranch war Fran ein Mann der Tat. Er würde diesen Jungen die Bedeutung des Wortes Respekt ganz praktisch beibringen – vermutlich in den Pferde-ställen.

Ein kleines Lächeln huschte über Seans Lippen, als er daran dachte, was Fran für diese Jungen bereithalten würde. Doch wie jedes Mal, wenn er lächelte, spannte sich die Haut in seinem Gesicht unangenehm an. Seine Narben schränkten seine mimischen Möglichkeiten erheblich ein. Für ihn war das in Ordnung, gab es doch ohnehin nur wenige Menschen, denen gegenüber Sean irgendwelche Gefühle zeigen wollte.

Als er sich umdrehte, um in die entgegengesetzte Richtung davonzugehen, stand er auf einmal direkt vor einem der Jungen. Der Bursche hätte eine kleinere Version von ihm selbst sein können. Er hatte sich in den Schatten zurückgezogen. Seine Schultern waren hochgezogen, als wolle er sich verbergen. Seine Körpersprache sagte: Abstand halten, ich bin nicht freundlich gestimmt.

„Beißt er?", fragte der Junge.

Sean brauchte einen Moment, um zu begreifen, dass es nicht darum ging, ob er, Sean, beißen würde. Der Junge meinte den Hund. Star hob die Nase und schnüffelte zögernd an der Hand des Jungen. Die Hündin schien den Jungen akzeptabel zu finden, denn sie streckte die Zunge heraus und schleckte die Hand ab. Damit war die Frage des Jungen beantwortet.

Star war vollkommen friedfertig. Sie sah nur aufgrund ihrer vernarbten Schnauze und der kahlen Stellen auf dem Rücken so grimmig aus. Doch sobald man die Hündin hinter den Ohren kraulte und ihr ein wenig Liebe schenkte, war sie ein treuer Freund fürs Leben.

„Solltest du nicht bei den anderen sein?", fragte Sean den Jungen.

Der Junge zuckte mit den Schultern, während er Stars Ohren kraulte. Er öffnete den Mund, um etwas zu sagen, aber stattdessen kam nur ein Hustenanfall heraus. „Allergie."

Für Sean schien der Husten nicht von einer Allergie zu stammen. Dafür klang er viel zu rau. Der Junge rang nach Luft, als ihn der Anfall überwältigte.

„Wie lange hast du diesen Husten schon?", fragte Sean.

Der Junge zuckte die Achseln. „Vielleicht ein paar Wochen."

„Warst du beim Arzt?"

„Wir können uns keine Krankenversicherung leisten. Mein Vater sagt, dass es im Herbst wieder weggeht."

Ein Pfiff kam von der anderen Seite. Sean, Star und der Junge standen beim Klang von Frans Pfeife stramm. Fran deutete auf den Jungen.

Der Junge seufzte. Er wäre eindeutig lieber bei der Hündin geblieben, statt hinüber zu den anderen Menschen zu gehen. Er streichelte Star noch einmal über den Kopf. Dann wandte er sich ab, um zu den anderen zu gehen, ohne Sean auch nur zuzunicken. Doch bevor er seinen ersten Schritt tun konnte, schüttelte ein erneuter Hustenanfall seinen Körper. Nachdem er wieder zu Atem gekommen war, ging er zu den anderen Jungen hinüber.

Sean hätte ihn beinahe aufgehalten, aber er ließ den Burschen gehen. Er war nicht für ihn verantwortlich. Die Eltern des Jungen würden sich darum kümmern. Oder auch nicht.

Sean wollte nie mehr für ein Kind oder einen anderen Menschen verantwortlich sein. Nachdem er diesem Kindersoldaten in Afghanistan gegenübergestanden hatte, würde er sich für den Rest seines Lebens nur zu gern von allen Kindern fernhalten.

KAPITEL ZWEI

Anders als ihre Familie und ihre Freunde glaubte Ruhi Patel an die Liebe. Liebe war eine wissenschaftliche, nachweisbare Tatsache. Und abgesehen von den Fakten hatten sie die Liebe auch schon viele Male mit ihren fünf Sinnen erlebt.

Sie hatte sie in den Blicken gesehen, die ihr Vater ihrer Mutter zuwarf. Sie hatte sie in den Gerichten gerochen, die ihr Bruder Kabir für seine Frau kochte und in den Currys geschmeckt, mit denen ihre Schwägerin die gesamte Familie verwöhnte. Ruhi hatte sie in den Liedern gehört, die ihre Schwester Anika für ihren Mann sang. Aber Ruhi hatte sie noch nie selbst gespürt.

Und das war in Ordnung. Ruhi suchte nicht nach Liebe. Nicht direkt. Dafür war sie viel zu praktisch veranlagt und zu realistisch. Aber sie hegte die Hoffnung, dass es ihr irgendwann so gehen würde wie ihren Eltern und ihren Geschwistern, die sich auf den ersten Blick verliebt hatten, und dass sich die Liebe eines Tages an sie heranschleichen und ihr Herz im Sturm erobern würde.

„Ruhi, wir müssen uns unterhalten."

Diese Worte ließen ihr Herz definitiv schneller schlagen. Aber aus den falschen Gründen. Es waren nicht die Worte, die sie von dem Mann erwartete, mit dem sie sich in den vergangenen fünf Monaten getroffen hatte.

Ruhi hatte die meisten Wochenenden bei Dr. Michael Paskiewicz verbracht. Dieses Gespräch konnte also in jede Richtung führen. Entweder wollte er die Beziehung beenden oder er wollte den nächsten Schritt gehen.

Sie saßen in einem kleinen Café im schicksten Viertel der Stadt. Es lag gleich in der Nähe der Poliklinik für Bedürftige, in der sie beide arbeiteten – sie als Krankenschwester und er als Arzt. Die gesamte Belegschaft kam gern vor der Schicht hierher, um sich eine Tasse schwarzer, frisch aufgebrühter Energie zu besorgen, oder um in der Mittagspause mit einem proteingesättigten Sandwich neue Energie zu tanken.

Heute saßen sie nach der Arbeit hier und Ruhi genoss einen Thunfischsalat. Zugegeben, es war nicht die beste Wahl für ein Date und ihr Magen hatte zuerst ein wenig dagegen protestiert. Doch sie und Michael waren nicht mehr in der Phase, in der man einander beeindrucken musste. Das Problem war, dass sie nicht wusste, ob sie gerade die nächste Stufe erklommen oder ob sie einen Umweg über eine Sackgasse machte.

Ruhi lehnte sich auf ihrem Stuhl zurück. Zum ersten Mal nach langer Zeit überlegte sie sich, was sie eigentlich wollte. Wollte sie denn, dass es mit Michael weiterging? Oder wollte sie lieber aussteigen? Und wenn es weiterging, wie weit war sie bereit zu gehen?

Sie hatte immer erklärt, dass sie nicht heiraten oder eine Familie gründen würde, bevor ihre Karriere nicht auf einem guten Weg war. Und im Moment war ihre Karriere nicht wirklich an dem Punkt, an dem sie sie haben wollte. Ihre Seele war zufrieden damit, den weniger Glücklichen in dieser Poliklinik zu helfen und zusammen mit ihrem Vater bei den verwundeten Veteranen auf der Purple Heart Ranch zu arbeiten. Und doch wollte sie noch mehr tun.

Sie hatte sich bei „Ärzte ohne Grenzen" beworben, einer Organisation, die dort medizinische Hilfe leistete, wo sie dringend benötigt wurde und oft nicht verfügbar war. Es war immer ihr Traum gewesen, zu reisen und mit ihrer Arbeit denen zu helfen, die es am nötigsten hatten. Leider wartete sie immer noch auf die Antwort der Organisation auf ihre Bewerbung. Wenn sie die Stelle bekam, wäre das nicht gerade förderlich für eine Beziehung.

„Wir treffen uns jetzt schon seit vier Monaten …", sagte Michael gerade.

Genau genommen waren es fünf. Aber wer erwartete schon von dem Mann in einer Beziehung, sich das zu merken? Vielleicht zählte Michael die ersten paar Wochen nicht mit. Oder all die Male, bei denen sie in einer größeren Gruppe unterwegs gewesen waren, aber immer aneinandergeklebt hatten.

„… und ich glaube, du fühlst es auch."

Es? Fühlte sie *es?* Sie nahm an, dass sie etwas für ihn fühlte. Und er fühlte offensichtlich auch etwas.

Er streckte nicht die Hand über den Tisch hinweg aus, um nach der ihren zu greifen. Stattdessen zog er beide Hände zurück unter den Tisch. Ruhi blickte hinab und sah eine Beule in seiner Hosentasche.

Das war es. Er würde es tun. Er würde … irgendeine Veränderung vorschlagen. Dass sie zusammenziehen sollten? Dass sie ein Paar werden sollten? Dass sie sich verloben sollten?

Ihr Blick blieb an der Beule hängen. War sie groß genug, um einen Ring zu enthalten? Oder vielleicht einen eigenen Schlüssel? Nein, sie war zu groß, um ein Schlüssel zu sein. Es musste ein Ring sein.

O Gott! Es geschah wirklich. Ihr wurde ein Antrag gemacht. Doch wollte sie überhaupt einen Antrag bekommen? Liebte sie ihn? Kam es heutzutage auf Liebe an?

Sie und Michael passten sehr gut zusammen. Obwohl sich ihre Familienmitglieder alle auf den ersten Blick in ihre Partner verliebt hatten, waren die Verbindungen stets nach Gesichtspunkten der Kompatibilität arrangiert worden. Ihre Eltern passten gut in ihren Charakterzügen und Zielen zueinander. Kabir und seine Frau kamen beide aus der Lebensmittelbranche und liebten klassische Literatur. Anika war Sängerin und ihr Mann schrieb Filmmusik.

Ruhi und Michael arbeiteten im gleichen Bereich. Sie achteten beide auf ihre Gesundheit und waren beide umweltbewusst. Er hatte einen Komposteimer und eine Regentonne hinter seinem

Stadthaus, was unglaublich sexy war. Und er fuhr einen Prius.

Dr. Michael Paskiewicz passte in jeder Hinsicht perfekt zu ihr. Es wäre dumm von ihr, seinen Antrag nicht anzunehmen.

Michael wandte ihr seinen Blick zu, und auf einmal spürte sie es. Dieses *Es*. Die Schmetterlinge in ihrem Bauch. Aber sie fühlten sich irgendwie eher wie Bienen an, die herumsurrten und sie stachen.

Ruhi merkte, wie der Fisch in ihrem Hals hochbrodelte, als wolle er sich befreien. O nein! Sie würde sich doch jetzt nicht übergeben müssen?

Das ging nicht. Nicht jetzt. Sie musste es zurückhalten. Sonst würde sie ihren Kindern keine besonders schöne Geschichte erzählen können, wenn sie danach fragten, wie Papa Mama den Antrag gemacht hatte.

„Ich sehe, dass du es auch spürst", sagte Michael. „Es fliegen einfach keine Funken zwischen uns."

Ruhi blinzelte. Sie öffnete den Mund und … rülpste.

Michael wich zurück. Er rümpfte die Nase. Sie hatte ihr Sandwich mit extra viel Zwiebel bestellt, so dass er nun nicht nur eine Brise aus dem Meer abbekam, sondern auch noch den beißenden Geruch eines Gewächses der Erde.

Ruhis Hände schossen zu ihrem Mund und ihr stieg die Duftwolke selbst in die Nase. Doch die Scham über ihren schlechten Atem wich sogleich der Scham über ihre Vermutung. „Du machst Schluss mit mir?"

„Schluss?" Michaels Nase entspannte sich wieder. Dafür zogen sich seine Brauen zusammen. „Wir waren doch gar kein richtiges Paar. Oder? Ich hatte gedacht, wir würden uns einfach nur treffen. Ohne Verpflichtungen. Hattest du nicht gesagt, dass du das willst?"

Ja, das hatte sie gesagt. Vor fünf Monaten. Aber nach dem dritten Monat hatte sie angenommen, sie seien ein Paar. Wer hätte das nicht?

„Ich finde, wir sollten lieber nur Freunde sein", sagte er.

Übersetzung: *Ich will mich nicht an dich binden, aber ich will trotzdem mitten in der Woche nachts zu dir kommen können.*

„Ich will mir Zeit für mich nehmen und an mir arbeiten", sagte er.

Übersetzung: *Ich bin so egoistisch und selbstsüchtig, dass ich dich verlassen werde. Alle anderen können sich von mir aus in Luft auflösen, denn ich werde es nicht einmal bemerken.*

„Es liegt nicht an dir, sondern an mir."

Übersetzung: *Es lag auf jeden Fall an ihr und er wollte sie nicht mehr sehen.*

„Wir sind in unterschiedliche Richtungen unterwegs", sagte er.

Übersetzung: *Du bringst es zu nichts, aber ich werde auf der Erfolgsleiter aufsteigen und dich ganz unten stehenlassen.*

Michael griff in seine Tasche und zog das heraus, was die Beule verursachte. Es war kein Schlüssel. Es war kein Ring. Es war ein Briefumschlag. Er zog ein Blatt Papier heraus.

„Siehst du? Ich gehe zu Ärzte ohne Grenzen."

Der Knoten, in den sich Ruhis Magen verwandelt hatte, zog sich in die andere Richtung fest. „Ich wusste gar nicht, dass du dich beworben hattest."

„Als du darüber geredet hast, war irgendwie mein Interesse geweckt. Ich habe mich einfach spontan beworben und sie haben mich genommen. Ich fliege in einer Woche."

„Wow. Das ist ja …"

Er verließ sie also nicht nur nach ihrer lockeren fünfmonatigen monogamen Beziehung, sondern … Moment. War er überhaupt monogam gewesen?

Das konnte sie ihn jetzt nicht mehr fragen. Klar war nur, dass sie weder einen Schlüssel noch einen Ring bekommen würde und er ihr zudem auch noch ihren Traumjob stahl. Ihr Magen verknotete sich wieder und sie rülpste noch einmal. Dieses Mal hielt sie sich die Hand vor den Mund und schmeckte Galle. Sie musste hier raus.

„Wir bleiben trotzdem Freunde, oder?", fragte Michael.

Das war der letzte Tropfen, der das Fass zum Überlaufen brachte. Auf dem Tisch zwischen ihnen stand eine Votivkerze. Ruhi nahm ihr Wasserglas und schüttete es Michael ins Gesicht. Das Wasser durchnässte die Kerze und den Rest ihres Thunfischsandwiches, aber vor allem traf es Michaels Gesicht und sein Hemd.

„Oh, wie unüberlegt von mir", sagte sie. „Ich dachte, ich hätte einen Funken gesehen."

Und damit stürmte sie aus dem Café, ohne noch einmal zurückzublicken. Sie schaffte es noch bis zur Allee, bevor sie sich vornüberbeugen und dem Rinnstein ihr Abendessen servieren musste.

KAPITEL DREI

Sean ritt im Galopp. Dies war der einzige Moment auf der Welt, in dem er das Gefühl hatte, frei zu sein und alles unter Kontrolle zu haben.

In der Armee hatte er Panzer gesteuert. Er hatte in Schützenlöchern gesessen und darauf gewartet, dass Rebellen auftauchten. Er war aus Hubschraubern gesprungen und in Gefahrenzonen gelandet. Doch nichts davon war ein Vergleich dazu, wie es sich anfühlte, ein Pferd lenken zu können.

Der Wind, der in sein Gesicht biss, ließ ihn vergessen, wie die Narbe ziepte, wenn er lächelte. Es war die einzige Situation in seinem Leben, in der er ein Lächeln auf dem Gesicht trug, denn das Gefühl des Windes auf seinem Gesicht nahm die Spannung in der Narbe auf seiner Wange weg.

Die Hippotherapie hatte Sean sein Leben zurückgegeben. Das und die heilende Berührung einer bestimmten Krankenschwester. Doch reiten konnte Sean jeden Tag. Schwester Ruhi konnte er nur an den Tagen sehen, an denen er einen Termin bei ihr hatte, und er wusste nie vorher, wie er sich in ihrer Gegenwart fühlen würde. Wahrscheinlich verbot ihr ihr Berufskodex ohnehin, mit einem ihrer Patienten auszugehen. Doch abgesehen davon gab es ja auch schon einen Mann in Ruhis Leben.

Dr. Parkinson, wie Sean ihn getauft hatte, schien der perfekte Partner für Ruhi zu sein. Doch irgendetwas an dem Mann stieß Sean sauer auf. Der Arzt hatte ein paar Mal auf der Ranch ausgeholfen, und währenddessen hatte er die Menschen in seiner Behandlung nie direkt angeblickt. Er war einer dieser Ärzte, die sich mehr auf ihre Tabellen konzentrierten als auf den Patienten. Ruhi dagegen bestand immer darauf, dass Sean den Kopf hoch trug und ihr in die Augen blickte, wenn sie ihn behandelte.

Das war das Wichtigste, das Sean an der Ranch vermissen würde. Wenn er in einem Monat wegzog, würde er sich einen anderen Arzt suchen müssen.

Er wusste, dass Ruhi in einer Poliklinik für Bedürftige arbeitete, aber die Regierung versorgte ihn viel zu gut, als dass er dazu berechtigt gewesen wäre, diese Hilfe in Anspruch zu nehmen. Und Sean würde niemals Menschen in Not einen Platz wegnehmen.

In einem Monat würde er Ruhi also nur noch im Vorbeigehen begegnen, wenn er seine Freunde auf der Ranch besuchte. Oder wenn es ihm gelang, ihr im Restaurant ihrer Familie über den Weg zu laufen. Er war zwar vor ein paar Monaten auch einmal in ihrer Wohnung gewesen, als sie ihren Geburtstag gefeiert hatte, aber da war er zusammen mit den anderen als Teil einer Gruppe hingegangen.

Sicher konnte er nicht einfach bei ihr auftauchen, um mit ihr Zeit zu verbringen und das Kinn zu heben, damit sie seine Wange untersuchte und ihm in die Augen blickte, während er ihre Fragen beantwortete.

Er hatte nicht vor, irgendjemanden zu heiraten, um auf der Ranch bleiben und sie weiterhin sehen zu können. Es wäre nicht richtig, jemand anderem seine Hand anzubieten, wenn er sein Herz einer anderen Frau geschenkt hatte. Und Sean wusste, dass Ruhi sich nicht für sein Herz interessierte, sondern nur für seine Gesundheit.

Und das genügte ja auch. Es musste genügen. Er ließ das Pferd in Trab fallen, als er vor sich andere Menschen sah.

Er konnte in der Entfernung die Jungen aus dem Nachmittagsprogramm erkennen. Sie waren in zwei Gruppen eingeteilt worden. Je ein Junge aus jeder Gruppe wanderte mit verbundenen Augen herum.

Es war eine Vertrauensübung, die Sean aus seiner Zeit beim Militär kannte. Die Mitglieder eines Teams sollten dabei lernen, auf einander achtzugeben und einander vor Gefahren zu warnen.

Der Junge mit dem Husten war einer derjenigen, die eine Augenbinde trugen. Gerade steuerte er auf einen Brennholzstapel zu. Keiner aus seiner Gruppe warnte ihn. Stattdessen hielten sich die Jungen aus seinem Team die Hände vor dem Mund, damit man sie nicht kichern hörte.

Dylan stand etwas abseits und beobachtete die Szene. Der Sergeant sah nicht besonders glücklich aus. Doch er griff auch nicht ein. Sean wusste, dass den Jungen eine harte Lektion bevorstand.

Wie erwartet, stolperte der Junge über den Holzstapel und fiel hin. Die anderen um ihn herum nahmen die Hände herunter und lachten lauthals los.

Der Junge zerrte sich die Augenbinde vom

Gesicht. In seinem dunklen Antlitz zeigten sich erst Verwirrung, dann das Bewusstsein, verraten worden zu sein und schließlich Wut. Er sprang auf und rannte auf einen der größeren Jungen zu. Bevor Dylan eingreifen konnte, hatte der Kleinere den Größeren zu Boden geworfen.

Als er sie trennte, waren beide Jungen außer Atem. Der kleinere Junge hustete und konnte gar nicht mehr damit aufhören. Er beugte sich nach vorn und hustete immer weiter, während er nach Luft rang. Alle warteten darauf, dass sich der Junge wieder aufrichtete. Als er es tat, war klar, dass der Kampf noch lange nicht vorbei war.

„Stalldienst für das ganze Team!", ordnete Dylan an.

Die Jungen stöhnten. Sean hätte das an ihrer Stelle auch getan. Die Pferdeställe auszumisten war die Arbeit auf der Ranch, die er am wenigsten mochte.

„Ihr habt nicht auf euren Kameraden achtgegeben", fuhr Dylan fort. „Wenn ihr Erfolg haben wollt, müsst ihr zusammenarbeiten. Sonst scheitert ihr alle. Fällt ein Mann, fallen alle anderen auch."

Dylan drehte sich zu dem Jungen um, der immer noch hustete. „Wie heißt du?"

„James."

„Und du?" Dylan wandte sich dem Jungen zu, der den Schlag hatte einstecken müssen.

„Maurice."

„Maurice, du bringst James zur Krankenstation."

„Mir geht's gut", keuchte James. Dann schnappte er nach Luft, bevor er von einem neuen Hustenanfall geschüttelt wurde.

Die Jungen lachten nicht mehr. Maurices Gesicht war sogar voller Sorge. Er wandte sich Dylan zu.

„Ich weiß aber nicht, wo die Krankenstation ist."

„Ich zeige es ihm", sagte Sean. Er reichte Dylan die Zügel seines Pferdes und bedeutete den Jungen mit einer Handbewegung, dass sie ihm folgen sollten.

„Er braucht mir nicht zu helfen", brachte James zwischen zwei Hustenanfällen hervor.

„Es tut mir Leid", sagte Maurice. „Ich fand es einfach lustig. Nimm es doch nicht so ernst."

„Ach was", sagte James. Dann drehte er sich zu Sean um. „Der Husten ist nicht schlimm. Ist nur eine Allergie."

Es war ganz eindeutig keine Allergie. Aber Sean hatte keine Geduld, um mit dem Jungen zu diskutieren. Er zeigte in die Richtung, in die sie gehen mussten. Dort lag die Krankenstation, in der heute Ruhi Dienst hatte.

Maurice, der andere Junge, wollte sich umdrehen und zu der Gruppe zurückgehen. Doch in diesem Moment traf sein Blick den von Sean. Die Kritik in Seans Augen brachte ihn dazu, kehrtzumachen.

„Komm schon", sagte Maurice zu James. „Gehen wir."

„Ich habe doch gesagt, dass du nicht mitkommen musst. Ich brauche dein Mitleid nicht."

„Ich habe es dem Sergeant versprochen. Ob es dir nun gefällt oder nicht, aber ich mache, was ich versprochen habe."

Ein Teil von Sean wollte dem Jungen Beifall klatschen. Ein anderer Teil von ihm wollte die Augen verdrehen. Doch es war ein Anfang. Er marschierte hinter den beiden her, als sie auf die Krankenstation zugingen. Sie kamen an den Praxisräumen von Dr. Patel vorbei und gingen direkt in den hinteren Teil des Gebäudes, wo Ruhis Untersuchungszimmer lag.

Sean spitzte die Ohren, um zu hören, ob ein anderer Patient bei ihr war, aber er wusste, dass das nicht der Fall war. Vermutlich kannte er ihren Terminplan besser als ihr eigener Kalender. Sie hatte zu dieser Zeit nie Patienten, außer wenn jemand mit einer Verletzung zu ihr kam. Und in dem Raum schien Stille zu herrschen. Man hörte nur das Kratzen eines Bleistifts auf dem Klemmbrett.

Doch als er näherkam, hörte das Kratzen auf einmal abrupt auf, gefolgt von einem würgenden Geräusch, als würde sich jemand gleich übergeben. Sean schob die beiden Jungen beiseite und betrat das Zimmer.

Und da war sie. Ihr Anblick versetzte seinem Solarplexus stets einen Schlag. Doch dieses Mal landete der Schlag in seiner Magengrube. Ruhi beugte sich über das Waschbecken, hielt sich den Bauch und zog eine Grimasse.

„Alles in Ordnung?", fragte Sean, als er in den Raum trat und an ihre Seite eilte.

„Nur etwas Falsches gegessen." Ruhi richtete sich auf und zwang sich zu lächeln.

Seans Mund zuckte und hätte beinahe das gleiche getan. Neben dem Reiten war sie das Einzige, das ihm ein Lächeln entlocken konnte. Selbst wenn sie kurz davor war, sich zu übergeben, ließ sie sein Herz schneller schlagen.

Sean war es gewohnt, Gefahren wahrzunehmen und abzuwehren. Doch in ihrer Nähe spürte er nur Frieden. Er wusste nicht, wie er ohne dieses stete Lächeln in seinem Leben zurechtkommen würde.

„Was kann ich für euch tun?", fragte sie und blickte an ihm vorbei dorthin, wo die beiden Jungen standen.

Bevor Sean etwas sagen konnte, fing James wieder an zu husten.

„Das klingt aber gar nicht gut", sagte Ruhi.

„Es ist meine Schuld", sagte Maurice. Er trat vor, als wolle er die Verantwortung mit seinem Körper auf sich nehmen. „Ich habe ihm einen Streich gespielt und er ist hingefallen und hat sich wehgetan."

Ruhi schüttelte den Kopf. „Das klingt nicht nach einem Husten, weil er hingefallen ist. Ich glaube eher, er hat Flüssigkeit in der Lunge."

Sie bat James ins Zimmer und fing an, ihn zu untersuchen. Sean nutzte die Gelegenheit, um sie offen anzustarren. Ihre goldene Haut wirkte heute ein wenig fahl. Unter ihren Augen waren leichte Ringe zu sehen, als habe sie entweder geweint oder schlecht geschlafen. Sie scherzte nicht mit James, wie es sonst ihre Art war. Ihre Ausstrahlung, normalerweise mit elektrisierender Energie geladen, wirkte heute erschöpft.

Irgendetwas stimmte nicht. Vielleicht war sie krank? Sie sah ein wenig grün um die Nase aus.

„Es ist eine Bronchitis", erklärte Ruhi etwas später.

„Ist das meine Schuld?", fragte Maurice. Die Reue stand deutlich in seine Augen geschrieben.

„Nein", sagte Ruhi. „Das ist eine Infektion. James wird wieder gesund. Er muss nur ein bisschen auf sich achtgeben. Und er braucht Medikamente."

„Also darf ich nicht in die Schule gehen und auf die Ranch kommen?", fragte James. Zu Seans Überraschung schien der Junge sich nicht darüber zu freuen, dass er vielleicht ein paar Tage schulfrei haben würde.

„Nein, wenn du dich soweit fit fühlst, kannst du ruhig zur Schule gehen und auf die Ranch kommen. Du musst es nur langsam angehen lassen. Du wirst schnell müde werden."

„Darf ich denn bei allem mitmachen?", fragte James. „Oder bin ich sowieso zu langsam für mein Team?"

„Nicht, wenn du ein bisschen Hilfe bekommst", sagte Sean. Er blickte Maurice an.

„Ich helfe dir", sagte Maurice.

„Nicht nötig", röchelte James. Er rutschte von der Untersuchungsliege und baute sich vor Maurice auf.

„Aber du bist in meinem Team, also muss ich." Maurice wich keinen Zentimeter zurück.

Mit einem Seufzer stellte sich Sean zwischen die beiden. Ein strenger Blick von ihm und beide traten zurück. Ruhi riss ein Blatt von ihrem Rezeptblock ab.

„Gib dieses Rezept deiner Mutter", sagte Ruhi.

„Meine Mutter ist nicht bei uns." James blickte weg, während er das sagte.

Die Art, wie er es sagte, zeigte Sean, dass seine Mutter am Leben war, aber offensichtlich nicht anwesend. Vielleicht war sie im Gefängnis, machte eine Entziehungskur oder hatte ihn ganz verlassen.

„Und dein Vater?"

James nickte. Er nahm das Blatt von Ruhi entgegen und hielt es vorsichtig in der Hand, als sei es teure Spitze. „Wird das viel kosten?"

„Es ist nicht sehr teuer", sagte Ruhi. „Wenn dein Vater es nicht bezahlen kann, kenne ich ein paar Hilfsorganisationen, die euch unterstützen können."

„Wir sind kein Sozialfall."

In Anbetracht der Kleidung, die der Junge trug, hätte Sean gern widersprochen. Der Junge war außerdem kleiner als die anderen in seinem Alter. Ob er ein Drogenbaby war?

James faltete das Blatt Papier zusammen und

steckte es in die Tasche. Mit hochgezogenen Schultern verließ er den Raum. Maurice wartete, bis er ein paar Schritte getan hatte und folgte ihm dann.

Sean wandte sich Ruhi. „Sollten wir das Sozialamt anrufen?"

„Wozu?"

„Weil er vorhin gesagt hat, dass er schon seit ein paar Wochen hustet. Vielleicht wird er von seinen Eltern vernachlässigt."

„Beobachten wir die Situation erst einmal eine Weile", sagte sie. „Wir kennen nicht die ganze Geschichte."

„Meine Eltern wären beim ersten Husten sofort mit mir ins Krankenhaus gefahren."

„Sie konnten es sich leisten und hatten die Möglichkeit dazu."

Ruhi hob die Hand, um Sean auf die Schulter zu klopfen. Doch dann hielt ihre Hand inne. Anstatt auf Seans Schulter landete die Hand auf ihrem Bauch. Und dann auf ihrem Mund.

„Ruhi?"

Doch sie stürzte von ihm weg und zurück zu dem Waschbecken auf der anderen Seite des Zimmers. Ruhi beugte sich vornüber. Ihr Körper wurde vom Würgereflex geschüttelt. Sean erreichte sie gerade noch rechtzeitig, um ihr die Haare aus dem Gesicht zu halten, damit sie nicht von dem Schwall der Übelkeit getroffen wurden, die sie jetzt erfasste.

„Es geht mir gut", brachte sie erstickt hervor.

Aber sie klang ganz und gar nicht gut. Abgesehen von ein wenig Erbrochenem in ihrem Gesicht strömten ihr auch die Tränen über das Gesicht. Sie sah zwar immer noch wunderschön aus, aber es ging ihr eindeutig nicht gut.

KAPITEL VIER

Das konnte nicht wahr sein. Nein. Das konnte einfach nicht wahr sein.

Doch Ruhis Magen war anderer Meinung, während er den Orangensaft wieder ausspuckte, den sie an diesem Morgen getrunken hatte. Nein, sogar dieses kleine bisschen Zitrusfrucht war schon verschwunden. Ihre Zunge schmeckte nur noch Galle.

Es war doch kein verdorbener Magen, wie sie gehofft hatte. Das Thunfischsandwich, das sie gestern erbrochen hatte, musste schon lange aus ihrem Körper verschwunden sein. Sie wusste, dass es nicht mehr daran liegen konnte.

Sie konnte sich nicht dazu überwinden, das zu formulieren, was es sein könnte. Stattdessen tat sie, was jeder medizinisch ausgebildete Mensch tun würde. Sie ging alle Symptome durch.

Ihr BH fühlte sich unangenehm an und ihre Brüste waren überempfindlich. Sie hatte die Toilette in den vergangenen Tagen öfter aufsuchen müssen, als sie sich die Mühe gemacht hatte mitzuzählen. Gleich nach dem Aufstehen war sie sofort wieder müde. Und sie hatte in dieser Woche zweimal die Tür ihres Sprechzimmers geschlossen, um ein kurzes Nickerchen zu machen. Dazu kam eine Übelkeit ohne Erbrechen. Und nun in den letzten zwei Tagen die Übelkeit mit Erbrechen.

All diese Symptome konnten auf eine Grippe hindeuten. Oder eine Lungenentzündung. Vielleicht auch Pfeiffersches Drüsenfieber. Oder sogar eine Hirnhautentzündung. Oh, wie sie sich wünschte, es sei eine Hirnhautentzündung.

Aber der Kalender log nicht. Ruhis monatliche Besucherin hatte schon beinahe eine Woche Verspätung. Und sie kam sonst nie zu spät. Kein einziges Mal seit ihrem ersten Besuch im reifen Alter von zwölf Jahren. Ihr Körper funktionierte normalerweise wie ein gut geöltes Uhrwerk. Und doch konnte sie ihre Diagnose nicht einmal in Gedanken aussprechen.

Wie hatte das nur passieren können? Sie hatte

aufgepasst. Sie hatte immer aufgepasst. Aber kein Verhütungsmittel war hundertprozentig sicher. Es gab immer ein Restrisiko. Wie hatte sie nur der einzigen Wahrscheinlichkeit trotzen können, der sie nie hatte trotzen wollen?

„Ruhi?"

Sie hörte Seans Stimme hinter sich. Er hielt ihr die Haare aus dem Gesicht, während sie den Inhalt ihres Magens von sich gab, wie es eine gute Freundin tun würde. Aber Sean war ein erwachsener Mann. Und nun hatte er gesehen, wie sie sich ins Waschbecken erbrach. Konnte die Scham sie nicht einmal einen Tag lang verschonen?

„Es geht mir gut."

Sie schloss die Augen, während sie versuchte, sich aufzurichten. Sie wollte ihr Spiegelbild nicht sehen. Sie wollte sich nicht so sehen. Sie wollte nicht, dass irgendwer sie so sah.

Aber es ging ihr nicht gut. Ihr Magen sagte die Wahrheit. Erneut drehte er sich um. Wieder erbrach sie sich ins Waschbecken und noch mehr Galle verließ ihren Körper.

Als sie sich aufrichtete, um Atem zu schöpfen, schlug sie die Augen auf. Aber sie sah nicht sich selbst. Das Erste, was sie sah, war Seans Narbe.

Dann eine Sorgenfalte, die seine braune Haut zerfurchte.

Wie aus dem Nichts überkam sie auf einmal der Heißhunger nach einem Schokoladenriegel. Dann wurde ihr beim Gedanken an Essen wieder übel und sie musste erneut erbrechen. Doch dieses Mal strömten statt der Galle Tränen über ihr Gesicht. Sie war zu erschöpft, um sie zu verstecken und ließ sie laufen.

Seans Hand legte sich auf ihren Rücken. Es war das erste Mal, dass er sie je berührte. Sie hingegen hatte ihn im vergangenen Jahr während der medizinischen Behandlungen unzählige Male berührt. Das Gefühl seiner Hand auf ihrem Rücken ließ ihren Magen sofort zur Ruhe kommen. Doch das machte ihre Erschöpfung nur noch größer. Sie verspürte den Drang, sich in seinen Armen zusammenzurollen und einzuschlafen. Sich von ihm festhalten zu lassen und die Welt auszusperren.

Ruhi richtete sich auf und streckte ihren Rücken durch. So ein Typ Frau war sie doch gar nicht. Sich bei einem Mann anlehnen? Nein, danke. Sie sah ja jetzt, wohin sie das gebracht hatte.

„Es geht mir gut", beharrte sie. Doch kaum war sie Seans beruhigender Hand entschlüpft, protestierte ihr Magen wieder und sie beugte sich erneut über das Waschbecken.

Danach war sie zu erschöpft, um ihr Körpergewicht noch länger aufrecht zu halten und sank auf dem Boden zusammen. Die Kühle der Keramikfliesen war angenehm auf ihrer Haut. Aber noch viel angenehmer war das Gefühl von Seans Fingern, die über ihre Wirbelsäule strichen, während er sich neben ihr niederließ.

Ruhi lehnte ihre Stirn an seine Schulter. Und so blieben sie für einige lange Momente sitzen. Schweigend. Sean war nie ein Mensch gewesen, der viele Worte machte. Er war nur schwer zum Lächeln zu bringen, aber für sie hatte er immer eines.

„Soll ich Ihren Vater holen?“, fragte er.

„Nein.“

Das war das Letzte, das sie brauchte. Ihre Eltern waren stolz auf das, was sie in ihrem Beruf erreicht hatte. Doch sie wusste, dass sie sich Sorgen um ihr Privatleben machten. Sie strahlten über jeden neuen akademischen oder beruflichen Erfolg, den sie zu verzeichnen hatte, aber dieses stolze Strahlen verschwand bei jeder neuen Beziehung, die sie einging. Mit diesen Neuigkeiten würde sie ganz sicher Stirnrunzeln und alarmierte Blicke ernten.

Was sollte sie nur tun? Eine alleinerziehende Mutter zu sein, hatte nie zu ihren Plänen gehört. Ihr Vater würde darauf bestehen, dass Michael seiner Verantwortung nachkam. Aber Michael hatte bereits deutlich gemacht, wo seine Prioritäten lagen. Wahrscheinlich packte er gerade seine Koffer. Vielleicht packte er sogar gerade eine andere Frau dazu.

Nein. Sie würde das allein schaffen. Natürlich würde sie Michael von dem Baby erzählen. Aber erst, wenn sie sich über alles klargeworden war und die Sache im Griff hatte.

„Sie könnten sich einen Moment auf eine der Liegen legen", schlug Sean vor.

„Es geht mir gut. Ich muss wohl irgendetwas Falsches gegessen haben."

Seans Augen zeigten, dass er ihr nicht glaubte. Er war ein aufmerksamer Mann. Er sah immer mehr, als er seinem verdeckten Blick anmerken ließ. Doch Ruhi wusste, dass er nie irgendwelche Vermutungen äußern würde.

„Es geht mir gut", beharrte sie. „Es ist gleich wieder in Ordnung."

Sean strich ihr eine verirrte Haarsträhne hinter das Ohr und schenkte ihr ein kleines Lächeln. Ruhi hielt den Atem an. Sie wusste, dass er attraktiv war, aber sie hatte ihn noch nie so betrachtet. Sie hatte sich sonst nur um seine Gesundheit Gedanken gemacht.

Die Haut auf seiner Wange legte sich in Falten und Ruhi wusste, dass ihm das wehtat. Sie verspürte den Drang, die Haut mit ihrem Daumen glattzustreichen. Aber sie tat es nicht.

Sean zog seine Hand zurück, als habe sie sich selbstständig gemacht. „Soll ich jemand anderem Bescheid sagen?"

Ruhi schloss die Augen. Obwohl er es nicht direkt sagte, war klar, dass Sean ahnte, was wirklich mit ihr los war. Bald würden das alle tun.

Ruhi hatte über Michael gesprochen. Er war ein paar Mal auf der Ranch gewesen, um sie abzuholen oder herzubringen. Er hatte sogar ein, zwei Fälle behandelt. Sie wusste, dass Michael der Jemand war, den Sean meinte, wenn er fragte, ob er jemandem Bescheid sagen sollte.

„Nein, ich will nicht mit ihm reden."

Im Nu verwandelte sich Seans freundliches Gesicht. Als Soldat und Mann der Tat nahm er womöglich an, dass Gewalt im Spiel gewesen war.

„Nein, nein." Ruhi hob beschwichtigend die Hand. „Das ist es nicht. Wir haben uns getrennt."

Sean hob die Augenbrauen. Dann senkte sich

sein Blick und er schaute demonstrativ auf ihren flachen Bauch.

Ruhi schloss die Augen, nicht gewillt, sich mit der Realität auseinanderzusetzen. „Sean, bitte. Sagen Sie nichts. Bitte."

„Soll ich Ihren Vater rufen?", fragte er noch einmal.

„Nein, bloß nicht." Ruhi erschauderte. Dabei drückte sie ihr Gesicht noch fester an Seans Schulter. Allein den Kopf zu heben, erschien ihr gerade wie eine so anstrengende Aufgabe, dass sie beschloss, ihn einfach dort liegenzulassen.

„Okay", sagte er. „Was Sie auch gerade brauchen."

Sean verlagerte das Gewicht und Ruhi hörte das Geräusch von laufendem Wasser. Ein kühles Tuch berührte ihren Mund und sie sank noch tiefer in Seans Arme.

„Was immer Sie brauchen."

Ruhi lehnte sich an ihn, während er den Lappen an ihr Gesicht presste. Sie wusste nicht, wie lange sie so dagesessen hatten. Doch diese tröstliche, kühle Wärme war genau das, was sie brauchte.

KAPITEL FÜNF

Das Gefühl der Hitze auf seinem Rücken war echt. Doch genau wie in der echten Welt wusste Sean, dass er weitergehen musste. Er musste Xavier finden und ihn aus der Gefahrenzone holen.

Es war nur ein Traum. Sean wusste, dass er träumte, aber das hielt die Albträume nicht davon ab, ihn zu quälen, in der Finsternis gefangen zu halten und ihn dazu zu zwingen, die furchtbare Explosion wieder und wieder zu erleben.

Die Schreie der Kinder hallten in seinen Ohren wider. Das Weinen der Frauen durchbohrte sein Bewusstsein. Er musste sich ducken, als die Mauern, die sie erst kurz zuvor errichtet hatten, um ihn herum zusammenbrachen. Er musste seine

Schritte vorsichtig setzen, während das Holz splitternd nachgab und in dem Flammeninferno aufging.

Um ihn herum lagen so viele Menschen am Boden. Manche riefen nach Hilfe, aber er konnte sie nicht erreichen. Andere lagen still da, aber ihre stumme Anklage dröhnte in seinen Ohren.

All das war Seans Schuld. Es war während seiner Wache passiert. Wenn er nur eine Sekunde seines Zögerns zurücknehmen könnte … würde er es tun?

Ganz gleich, wie er sich entscheiden würde – der Junge würde auf jeden Fall sterben.

Der Geruch von verbranntem Fleisch. Schrille Schreie, die auf einmal verstummten wie ein Radio, das plötzlich ausgeschaltet wurde. Sean bahnte sich den Weg durch alles hindurch, um Xavier zu finden. Dylan und Fran waren draußen gewesen, als der Selbstmordattentäter seine Bomben gezündet hatte. Nachdem er eine Sekunde gezögert hatte und das Schlimmste passiert war, hatte Sean ohne zu zögern gehandelt.

Es war ihm gelungen, Reed hinaus und in Sicherheit zu bringen, während andere sich um seine Verwundung kümmerten. Aber als Sean im Kopf seine Einheit durchging, fiel ihm auf, dass er Xavier nicht gesehen hatte. Er hatte nur Xaviers Ruf gehört, dass Gefahr drohte. Und dann war sein Freund verschwunden gewesen.

Sean musste durch die Trümmer von Backsteinen, Holz und Leichen waten. Er musste zuschauen, wie das Licht in den Augen von Menschen verlosch, von denen er wusste, dass er sie nicht retten konnte. All das, weil er in die einst unschuldigen Augen eines Kindes geblickt und gezögert hatte.

In seinem Traum fand er Xavier, wie er es auch in Wirklichkeit getan hatte. Xavier lag mit dem Gesicht nach unten auf dem Boden. Flammen krochen auf ihn zu und wollten ihn verschlingen, so wie sie es mit der Schule getan hatten, auf der so viele Hoffnungen und Träume geruht hatten. Die Hitze des Feuers hatte schon das Hemd auf Xaviers Rücken versengt. Als Sean seinen Kameraden berührte, um ihn zu packen, kam der Mann zu Bewusstsein und fing an zu schreien und sich vor Schmerzen zu winden.

Sean rutschte in die Trümmer zurück. Ein Metallstück schlug ihm ins Gesicht und hinterließ eine Narbe, die ihn für immer an diesen Tag erinnern würde und daran, was der Krieg mit den unschuldigsten Wesen anrichten konnte.

Es war Sean und Xavier gelungen, sich in Sicherheit zu bringen, bevor das Gebäude über ihnen zusammengebrochen war. Doch der Geruch blieb in Seans Erinnerung haften. Die Geräusche blieben in seiner Erinnerung haften. Und die Narbe würde ihn nie vergessen lassen, was geschehen war.

Es war ein Kind gewesen, das all das getan hatte. Nur ein dreizehnjähriger Junge, von seinem Vater zum radikalen Rebellen erzogen und losgeschickt, um zu einer Waffe im Krieg zu werden. Am Morgen dieses Tages hatte ein Vater seinem Sohn eine Bombe umgeschnallt und ihn in den sicheren Tod geschickt, während er selbst zurückgeblieben war.

In den Augen des Jungen hatten Tränen geglänzt, bevor er das getan hatte, was sein Vater ihm aufgetragen hatte. Diese Tränen waren es gewesen, die Sean auf seinem Ausguck zum Zögern gebracht hatten.

Erst eine Woche zuvor hatte Sean mit diesem Jungen auf der Straße Fußball gespielt gehabt. Und nun zeigte seine Gewehr auf das Herz des Jungen. Er hatte die Bedrohung unter den Kleidern des Jungen gesehen, aber die Tränen in seinen Augen hatten Sean davon abgehalten, den Finger um den Abzug zu krümmen. Und diese eine Sekunde hatte mehr gekostet, als Sean auf seinem Konto hatte. Es hatte ihn seinen Glauben an die Menschheit gekostet.

Sie hatten den Vater nach wenigen Tagen erwischt. Der Mann war vor Gericht gestellt und verurteilt worden. Als er abgeführt wurde, verkündete er laut, wie stolz er auf seinen Sohn war, der sich für die gute Sache geopfert hatte.

Seans Magen drehte sich jedes Mal um, wenn er daran dachte. Was auch immer das war, aber das war keine Liebe. Es war Feigheit und Perversion. Kein Gott würde je von einem Vater verlangen, dass er seinen Sohn in seinem Namen ermordete.

Langsam lockerte sich der Griff, mit dem ihn der Albtraum umschlungen hielt. Trotzdem wollte Sean immer noch um sich schlagen. Seine Hand sehnte sich nach einem Gewehr, das sie fest umschließen konnte. Er wollte jeden von sich wegstoßen, der in seine Nähe kam.

So düster und grausig der Albtraum auch war, Sean hielt die Augen geschlossen. Er war noch nicht bereit, dem Tag entgegenzutreten. Doch die Sonne hatte andere Pläne. Und so schlug er die Augen auf.

Sein ganzer Körper fühlte sich an, als sei er ins Feuer geworfen und wieder herausgezogen worden. Seine Haut fühlte sich spröde an und spannte. Es tat weh, wenn er seine Arme und Beine bewegte. Und doch war ihm dieser Traum lieber als seine derzeitige Realität.

Ruhi war schwanger.

Die Möglichkeit, mit Ruhi zusammen zu sein, war in Wirklichkeit immer nur ein Traum gewesen. Ein Traum, zu dem er nur Zugang hatte, wenn er wach war. Solche Träume wurden nie Wirklichkeit.

Er wusste, dass Dr. Palstek, oder wie er auch hieß, nicht der Richtige für sie war. Sean war davon überzeugt gewesen, dass sie sich früher oder später wieder von ihm trennen würde. Er war froh, dass es früher geschehen war. Doch der Mann hatte tatsächlich mit ihr Schluss gemacht, nachdem er sie geschwängert hatte.

Genauso, wie Sean es sich nicht vorstellen konnte, ein Kind als Kriegswaffe zu missbrauchen, konnte er nicht nachvollziehen, wie ein Vater sein Kind im Stich lassen konnte.

In der modernen Welt gab es viel zu viele alleinerziehende Frauen für seinen Geschmack. Zu viele Frauen, denen diese Aufgabe einfach zugeschoben wurde, ohne dass sie sich bewusst dafür entschieden hätten. Sean wollte Ruhis Ex suchen und ihm die Faust unter die Nase halten.

Aber das war nicht seine Aufgabe. Ruhi war seine Krankenschwester. Es stand ihm nicht zu, sich in ihr Privatleben einzumischen.

Trotzdem hatte er in dem Moment, als er sie in den Armen gehalten hatte, zum ersten Mal nach langer Zeit nicht mehr diese ständige Hitze auf seinem Rücken gespürt. Als sie ihren Kopf an seine Schulter gelegt hatte, hatten die endlosen Schreie in seinem Kopf aufgehört. Und als er ihr Gesicht mit dem kühlen Tuch abgewischt hatte, hatte er nur noch den frischen Blumenduft ihrer Körperlotion gerochen.

Es war der erste friedliche Moment, den er seit einem Jahr erlebt hatte. Er wünschte, es könnten noch mehrere davon auf ihn warten. Doch er wusste es besser. Ihm war keine Liebe vergönnt, nicht mit solchen Narben in seinem Gesicht und in seiner Seele.

Sean zog sich an und trat aus dem Haus, um den Tag zu begrüßen. Er war nicht der Einzige, der schon auf war. Die Soldaten auf der Ranch waren es gewohnt, dass frühes Aufstehen zu ihren Pflichten gehörte. Ein weiterer Grund, warum das Leben auf einer Ranch so gut zu ihnen passte.

Sean machte sich an der Seite seiner Kameraden an die Arbeit. Die Männer waren stolz auf ihre Arbeit gewesen, als sie gemeinsam die Schule aufgebaut hatten. Der Verlust des Gebäudes war ein ebenso schwerer Schlag für ihre Tatkraft gewesen wie die Explosion jedem von ihnen einen Teil ihres Körpers geraubt hatte.

Doch diese Ranch gab ihnen allen ihren Lebenssinn wieder. Die Arbeit mit den Therapiepferden, die Versorgung der Tiere, das Bearbeiten der Erde und zuzuschauen, wie alles unter ihren Händen wuchs und gedieh – diese Arbeit hatte jeden Mann von den Schrecken des Krieges zurückgeholt.

„Die Schule hat angerufen und mir gesagt, dass James, der Junge mit der Bronchitis, heute zu Hause geblieben ist", sagte Dylan. Sie reparierten gerade einen Zaun. Dylan hielt eine Zaunstange fest, während Sean den neuen Pfosten einschlug.

„Meinst du, wir sollten vorbeigehen und nach ihm sehen?", fragte Fran und hob das andere Ende der neuen Zaunstange hoch.

Dylan zuckte mit den Schultern, während er die Stange an ihren Platz schob. „Sie haben gesagt, dass er ziemlich oft fehlt. Aber er hat immer gute Noten."

„Vielleicht sollten wir einmal mit seinen Eltern reden", meinte Fran.

„Ich habe seinem Vertrauenslehrer die Nummer der Ranch gegeben."

Sean blieb während dieser Unterhaltung stumm. Er fand das Jugendprojekt gut, aber er wollte keine aktive Rolle dabei spielen. Gestern hatte er zum ersten und einzigen Mal etwas dazu beigetragen.

Die Sonne stieg höher am Himmel hinauf. Ihre Strahlen zogen eine Spur der Hitze über Seans Rücken. Sean holte tief Luft und versuchte, die Erinnerungen an den Krieg zu verdrängen. Doch die Sonnenstrahlen unter dem Himmel von Montana brannten unbarmherzig auf ihn hernieder.

„He, Jeffries", sagte Dylan. „Hast du nicht heute einen Termin bei Dr. Patel?"

Er hatte keinen. Aber Sean wusste, was Dylan damit sagen wollte. Die anderen Soldaten sprachen nie über seine posttraumatische Belastungsstörung. Sie sprachen auch nicht über ihre eigene, außer mit Dr. Patel. Jeder von ihnen kannte die Warnsignale. Und Sean zeigte gerade in der Hitze eindeutig welche. Ohne ein weiteres Wort reichte Sean Fran den Hammer und machte sich auf den Weg zur Krankenstation.

Als er vor Dr. Patels Sprechzimmer ankam, war die Tür des Therapeuten geschlossen. Doch schon allein der Spaziergang und die kühle Luft hier drin hatten ihm gut getan. Sean hatte seine Gedanken wieder unter Kontrolle. Und sein einziger Gedanke war Ruhi.

Er ging den Flur hinunter bis zu ihrem Büro.

Doch als er dort ankam, sah er, dass auch ihre Tür geschlossen war. Das Licht war aus und das Zimmer leer.

Das war seltsam. Sean kannte ihren Terminplan. Eigentlich hätte sie heute auf der Ranch Dienst gehabt.

„Sie hat sich heute freigenommen." Dr. Patel war hinter Sean im Flur aufgetaucht und kam nun auf ihn zu. Seine Schritte waren langsam, seine Hände sichtbar. Der Psychiater wusste genau, dass man einen Soldaten besser nicht überraschte, besonders keinen ausgebildeten Scharfschützen. „Ich wusste gar nicht, dass Sie heute einen Termin bei ihr hatten."

„Habe ich auch nicht. Ich wollte nur … Ich wollte etwas fragen und …"

Dr. Patel betrachtete ihn mit seinem geduldigen Lächeln. Sean sprach nicht viel während seiner Therapiesitzungen. Und doch wusste der Therapeut genau, was er dachte.

„Ich habe gestern einen von den Jungen zu ihr gebracht, weil er krank war", sagte Sean. „Und sie hat ihn untersucht. Ich wollte nur etwas wegen der Behandlung fragen."

Dr. Patel nickte. „Ruhi hat gesagt, sie habe etwas mit dem Magen."

Dies war einer der Momente, in dem Sean froh war, dass seine Mimik nur noch begrenzt funktionsfähig war. Weder lächelte er, noch runzelte er die Stirn oder nickte. Sein Gesicht blieb gänzlich unbeweglich.

„Aber ich glaube, das Problem ist eher persönlicher Natur."

Wieder hielt Sean den Mund und bewegte keinen Muskel in seinem Gesicht.

„Es ist heutzutage nicht einfach, Vater zu sein, besonders, wenn die Frauen so sehr auf die Gleichstellung der Geschlechter drängen. Ich finde, das verwirrt die Männer nur. Es gibt einfach Dinge, die ein Mann für seine Frau und seine Familie tun sollte. Aber meine Ruhi glaubt, sie müsse alles allein schaffen."

Sean hoffte auf jeden Fall, dass sie nicht vorhatte, ihr Kind allein aufzuziehen. Aber er hoffte auch, dass der Vater des Kindes nicht wieder auf den Plan treten würde.

„Hören Sie mich nur an", grinste Dr. Patel. „Jetzt bin ich schon zu einem Therapeuten geworden, der seinen Patienten von seinen Sorgen erzählt. Aber Sie haben eben so ein vertrauenerweckendes Gesicht." Dr. Patel zwinkerte Sean zu.

Sean brachte ein winziges Lächeln zustande. Nur

Ruhi und ihrem Vater gelang es, seine Vorsicht soweit zu beschwichtigen, dass er seine Gesichtsmuskeln benutzte.

Nein. Das stimmte nicht ganz. Seinen Kameraden gelang das in seltenen Momenten ebenfalls. Auch Maggie sagte immer wieder etwas, das ihm zumindest ein Kopfschütteln entlockte, wenn schon kein Lächeln. Und Eva drang mit ihren mütterlichen Umarmungen ständig in seinen persönlichen Raum ein. Und er hatte festgestellt, dass er es mochte, zusammen mit Sarai *Doctor Who* zu schauen.

Sean würde die Frauen der Ranch vermissen, wenn er ausziehen musste. Wenn er nicht mehr hier wohnte, würde er vermutlich noch viel seltener lächeln als jetzt. Es würde kaum noch Frauen in seinem Leben geben, bei denen er sich damit wohlfühlen würde, neben ihnen zu sitzen oder sie zu umarmen. Oder eine Frau, bei der es ihm nichts ausmachte, ihre Haare zu halten, während sie ihren Mageninhalt in ein Waschbecken übergab. Oder eine Frau, mit der er nur zu gern schweigend auf einem kalten Fliesenboden sitzen würde.

„Ich wollte Ruhi nach der Arbeit eine Mulligatawny-Suppe bringen, aber ich muss mich beeilen, damit ich rechtzeitig zur Kirche komme. Und die liegt ja auf der anderen Seite der Stadt.“

„Ich kann sie ihr bringen.“

„Sind Sie sicher, dass es Ihnen nicht zu viel Mühe macht?“

„Kein bisschen.“

Sean folgte Dr. Patel den Flur hinunter bis zu seinem Büro. Der Therapeut reichte ihm die Plastikdose. Sie fühlte sich in seinen Händen warm an, und er genoss die Wärme.

KAPITEL SECHS

Das weiße Stäbchen fiel mit einem Klappern auf den Linoleumboden. Ruhi war ein wenig überrascht, dass es nicht in eine Million Stücke zersprang, denn genau so fühlte sie sich im Moment. Ihr Leben, ihre Pläne, ihre Zukunft – alles war auf einmal von so etwas Kleinem wie einem weißen Stäbchen vollkommen zerschlagen worden.

Es gab keine Linien, die sie zählen musste. Keine Rosa- oder Blaufärbung. Es war ein digitaler Test. Und er sagte es ihr Schwarz auf Weiß.

Sie war schwanger.

Er hatte es ihr zweimal gesagt. Sie hatte sicherheitshalber ein Doppelpack gekauft. Der erste Test hatte genau das gleiche angegeben. Es gab keine falsch-positiven Schwangerschaftstests. Wenn die Hormone da waren, hatte man einen Braten in der Röhre, ganz einfach.

Ruhis Hände wanderten zu ihrem Bauch. Etwas lebte darin – oder vielmehr jemand. Ein kleiner Mensch, für den sie nun verantwortlich war. Er oder sie war schon eine Weile dort, vermutlich seit ein paar Wochen, und sie hatte nichts davon gewusst.

O nein! Sie hatte im Lauf des letzten Monats mindestens drei Flaschen Wein getrunken. Sie war mindestens vier Mal in einem verrauchten Club gewesen, um zu tanzen. Und dann der Thunfischsalat, denn sie vor ein paar Tagen gegessen hatte. War Thunfisch nicht schlecht für Babys?

Na toll. Da hatte sie ja einen großartigen Start hingelegt. Mutter des Jahres würde sie wohl nicht werden. Sie hatte ihr Kind wochenlang vernachlässigt und es genau den falschen Einflüssen ausgesetzt. Und darüber hinaus konnte sie ihrem Nachwuchs nicht einmal einen Vater anbieten.

Ruhi blickte zu ihrem Kaminsims hinüber. Dort stand ein Bild von ihr, das sie am Tag ihrer Abschlussfeier zeigte. Sie stand zwischen ihren Eltern. Ruhi wusste, dass jedes ihrer Geschwister ein ähnliches Bild besaß. Ihre Eltern hatten jedem ihrer Kinder gleich viel Liebe geschenkt – oder sogar noch mehr, wenn sie besonders viel Aufmerksamkeit brauchten.

Ruhi hatte sich nie vernachlässigt oder alleingelassen gefühlt, selbst wenn sie allein sein wollte. Sie hatte ihr ganzes Leben lang gewusst, dass ihre Familie – und besonders ihre Eltern – für sie da sein würden, bevor sie überhaupt wusste, dass sie sie brauchte.

Ihr Kind würde all das nicht haben. Außer, wenn sie …

Sie blickte hinab auf ihr Handy. Vielleicht sollte sie Michael die Chance geben, ein Vater zu sein? Es war nicht einfach nur eine Möglichkeit. Michael *war* der Vater. Er konnte sich dagegen entscheiden, im Leben ihres Kindes eine Rolle zu spielen, aber das würde nichts an der Tatsache ändern, dass er der Vater des Kindes war.

Das bedeutete ja nicht, dass sie versuchte, ihn zurückzugewinnen. Er hatte deutlich gemacht, dass es für ihn keine Funken gab. Das Problem war nur, *dass* es einen Funken gegeben hatte – und dieser Funke wuchs gerade in ihrem Bauch heran.

Ruhi nahm ihr Handy in die Hand. Ihr Magen rumorte, aber es kam nichts hoch. Nur ein Gefühl der Übelkeit hatte sich in ihrem Bauch festgesetzt.

Michael war immer noch in ihrer Kurzwahlliste, direkt nach ihren Eltern und ihren Geschwistern. Sie tippte auf das kleine Herz neben seinem Namen und lauschte auf das Tuten des Telefons. Es tutete. Und tutete.

Schließlich nahm jemand ab und Ruhi hätte sich beinahe übergeben.

„Hallo?", sagte eine weibliche Stimme. Die Stimme klang verschlafen.

Hatte er bereits eine Neue? Es war gerade einmal zwei Tage her! Und diese neue Frau ging sogar an sein Telefon. Ruhi hatte das nie gewagt, als sie mit Michael zusammen gewesen war.

Schnell legte Ruhi auf. Die Demütigung machte sich in ihrem Magen breit. Und im Gegensatz zu allem anderen, das sie verzweifelt versuchte, bei sich zu behalten, blieb sie dort hocken.

Ein Klopfen an der Tür weckte ihre Aufmerksamkeit. Vermutlich ihr Vater. Sie hatte heute Morgen bei ihm angerufen und sich krankgemeldet. Er oder ihre Mutter würden vermutlich mit einer scharf gewürzten Suppe vorbeikommen, die sie gesundmachen sollte.

Doch das hier war nicht einfach eine Erkältung. Es war eher ein Fall von unsäglicher Dummheit. Die einzig bekannte Heilmethode war, die Fehler der Vergangenheit nicht zu wiederholen.

Ruhi schleuderte das Handy zur Seite. Dann griff sie wieder danach und löschte Michaels Nummer. Nicht nur aus ihrer Kurzwahlliste, sondern aus dem ganzen Telefonbuch.

Anschließend ging Ruhi zur Tür, um sie zu öffnen. Sie fragte nicht, wer davorstand. Es machte keinen Unterschied, ob es ihre Mutter oder ihr Vater waren; sie würden ihnen früher oder später ohnehin erzählen müssen, dass sie ein uneheliches Kind erwartete, das sie allein aufziehen würde.

Ihre Hand blieb auf dem Türknauf liegen, während sie sich noch einmal zu dem Bild auf dem Kaminsims umwandte. Darauf lächelten ihre Eltern sie stolz an. Auf dem nächsten Bild würde kein Stolz zu sehen sein. Ihre Eltern würden vielmehr einen enttäuschten Ausdruck auf dem Gesicht tragen, wenn sie ihnen ihre neueste Errungenschaft präsentierte. Es wäre nicht das erste Mal.

Seit Jahren versuchten ihre Eltern schon, ihr eine arrangierte Ehe schmackhaft zu machen und stellten ihr dazu einen netten indischen Mann nach dem anderen vor, den sie zuvor auf Herz und Nieren geprüft hatten. Es war nicht so, dass Ruhi kategorisch dagegen war, einen Mann aus ihrem eigenen Kulturkreis zu heiraten. Sie war nur jedem Inder gegenüber misstrauisch, der sich an ihr interessiert zeigte, weil sie jedes Mal sicher war, dass jemand aus ihrer Familie dahintersteckte.

Irgendwann hatte ihre Familie den Wink mit dem Zaunpfahl verstanden und sie in Bezug auf ihr Liebesleben sich selbst überlassen. Doch ihr entgingen die vielsagenden Blicke nicht, die ausdrückten, dass man zwar hinter ihr stand, aber ihre Entscheidungen alles andere als guthieß.

Und die Liebe war nicht der einzige Bereich ihres Lebens, in dem ihre Eltern ihre Entscheidungen nicht guthießen. Sie verstanden nicht, warum sie sich mit dem Job als Krankenschwester zufriedengab und nicht Arzt geworden war.

Sie waren nicht immer ihrer Meinung, was ihre Ansichten in Bezug auf Recycling, Umweltschutz und den Umgang mit ihrer Gesundheit betraf. Aber sie ließen sie gewähren.

Ob sie auch damit zurechtkommen würden, dass sie bald eine alleinstehende, unverheiratete, berufstätige Mutter war?

Sie wusste, dass sie das würden. Aber es würde eine Zeit geben, in der in jedem Lächeln eine Spur Enttäuschung mitschwingen würde.

Vielleicht sollte sie Michael doch anrufen? Wenn

sie mit einem Mann an ihrer Seite auftauchte, würden sie weniger enttäuscht sein. Aber nein. Sie hatte ihren Stolz. Wenn er nicht zurückblickte, würde sie das auch nicht tun.

Außerdem würde sie den Männern für die nächste Zeit ohnehin entsagen. Mit einem Kind war das vorprogrammiert. Jeder wusste, dass ein Kind dem Liebesleben einer Frau einen gewaltigen Dämpfer aufsetzte.

Ruhi atmete tief ein und zog die Tür auf. „Was machen Sie denn hier?"

Sean Jeffries stand im trüben Licht des Flurs vor ihrer Tür. Er hielt eine Suppenschale mit Deckel hoch, die definitiv ihrer Mutter gehörte. „Ihr Vater hat mich geschickt. Ich soll Ihnen diese Suppe vorbeibringen."

Ruhi seufzte. Sie wusste nicht, ob es wegen der Suppe war oder weil ihr ein kleiner Aufschub gewährt wurde, bis sie ihren Eltern von ihrer misslichen Lage erzählen musste. Einer misslichen Lage, von der im Moment nur sie und Sean etwas wussten.

„Wie geht es Ihnen?", fragte er.

Ruhi bat ihn mit einer Handbewegung einzutreten. „Ich habe mich heute nicht übergeben. Aber mein Magen ist vielleicht nicht besonders begeistert von scharfem Essen."

„Ich habe auch Cracker und eine Banane mitgebracht. Ich habe gehört, das sei gut, wenn man … Sie wissen schon."

„Sie können es ruhig aussprechen, Sean. Ich bin schwanger." Ruhi öffnete die Dose mit der scharfen Suppe ihrer Mutter, die ihr bisher immer den Bauch und das Herz erwärmt hatte, wenn sie nicht ganz auf dem Damm war. Doch als ihr der Geruch des Currys in die Nase stieg, verschloss sie das Gefäß schnell wieder, damit die intensiven Aromen nicht weiter in ihren empfindlichen Körper vordringen konnten.

Sean ließ sich mitten auf ihrem kleinen Zweiersofa nieder und beobachtete sie unter seinen niedergeschlagenen Lidern hervor. Er achtete darauf, seine rechte Gesichtshälfte von ihr abzuwenden. Ruhi ging hinüber und setzte sich auf seine rechte Seite. Die Wärme, die sein Körper ausstrahlte, erinnerte sie daran, wie es war, in einer Winternacht von ihrer Mutter zugedeckt zu werden oder an Sonntagnachmittagen mit ihrem Vater Chai zu trinken.

Bevor sie es selbst merkte, hatte sie ihre Beine hochgezogen und sich an Seans Schulter gelehnt. Sie war zu müde und fühlte sich zu wohl bei ihm, um irgendwelche Scham darüber zu verspüren, dass sie sich bei ihm anlehnte. Natürlich war dieses Verhalten nicht besonders professionell von ihr, aber Sean war gerade der einzige Mensch, der hinter ihr stand.

Außerdem beschwerte er sich nicht. Er saß neben ihr und seine Arme lagen auf der Rückenlehne des Sofas. Er war immer ein perfekter Gentleman gewesen. Alle Soldaten auf der Ranch waren das, von dem Moment an, als sie dort angefangen hatte zu arbeiten. Kein einziger hatte versucht, sie anzubaggern, nicht einmal Xavier, der ein notorischer Schürzenjäger war. Vermutlich war es aus Respekt vor ihrem Vater. Aber noch viel wahrscheinlicher war, dass diese Veteranen einfach so waren – Freunde und Helfer.

Oder galt das eher für Polizisten? Ruhi wusste es nicht mehr. Aber es war ihr auch gleichgültig. Die tröstliche Wärme und die angenehme Stille waren alles, was sie im Moment interessierte.

„Haben Sie es *ihm* gesagt?"

Ruhi schüttelte den Kopf. Dabei streifte ihre Nase Seans Schulter. Er roch nach Holz und Natur und einem Hauch der Gewürze aus der Suppe ihrer Mutter. Aus irgendeinem Grund störte der Geruch an ihm ihren Magen kein bisschen.

Ruhi hob den Blick. Ihre Augen wanderten über

Seans Narben. Als sie die tiefen Furchen zum ersten Mal gesehen hatte, hatte sie gedacht, sie würden ihm ein zorniges Aussehen verleihen. Aber in dem ganzen vergangenen Jahr hatte sie kein einziges Mal gehört, dass Sean seine Stimme erhoben hätte. Sie konnte sich nicht daran erinnern, dass er sie je länger als den einen Augenblick angeschaut hatte, der nötig war, während er ihre zahllosen Fragen zu seinem Gesundheitszustand beantwortete.

Doch jetzt blickte er auf sie herunter, und sie bemerkte, dass in seinen haselnussbraunen Augen goldene Sprenkel schimmerten. Die hässliche Narbe betonte nur den eleganten Schwung seiner Oberlippe. Sie hatte die Narbe viele Male berührt und wusste, dass sie steif und unnachgiebig war. Doch sie hatte noch nie seine Lippen berührt. Sie wettete, dass sie so weich wie Samt waren.

Ruhi richtete sich auf. Durch die Bewegung wurde ihr wieder übel. Doch Seans Hand auf ihrem Rücken ließ das Gefühl gleich wieder verschwinden.

„Michael war mit jemand anderem beschäftigt, als ich angerufen habe. Er ist derjenige, der unsere Beziehung beendet hat. Er hat schon eine Neue gefunden."

Sean schüttelte den Kopf. In den Furchen seines Gesichts zeigte sich deutlicher Ärger. „Ich war nie besonders begeistert von ihm. Aber das Kind braucht einen Vater."

Ruhi schlang ihre Arme um sich. „Ich wünschte, es hätte einen anderen Vater."

Sean legte seinen Arm um sie. Sie schob ihn nicht weg. Ihr war nicht bewusst gewesen, dass sie so ausgehungert nach Zärtlichkeit war. Wann hatte Michael sie zum letzten Mal einfach nur umarmt?

„Und wenn das möglich wäre?" Seans Worte waren so leise, dass sie dachte, sie hätte sich eingebildet, dass er etwas gesagt hatte.

„Wenn was möglich wäre?"

Er wandte sich ihr zu. Seine Augen öffneten sich weit genug, damit sie die braunen Sprenkel sehen konnte. Er strich sich kurz über das Kinn, bevor er weitersprach. „Dass der Vater jemand anderes ist."

„Was meinen Sie damit?", fragte sie.

„Was, wenn ich der Vater wäre?"

Jetzt spielte ihr nicht nur ihr Magen einen Streich, sondern Ruhi hörte auch noch Dinge, die unmöglich waren. „Wie bitte?"

Nun vermied Sean den Blickkontakt. „Vielleicht könnten wir einander helfen. Ich brauche eine Frau, damit ich auf der Ranch bleiben kann. Und Sie brauchen einen Vater für Ihr Kind."

Sie starrte ihn an. Wegen seiner Narben konnte

Sean seinen Gesichtsausdruck nicht groß variieren. Er sah immer ernst aus, manche würden sagen, zornig. Aber Ruhi wusste immer, was er dachte, indem sie ihm in die Augen blickte.

Langsam glitt sein Blick zu ihr hin und sie merkte, dass es ihm vollkommen ernst war.

KAPITEL SIEBEN

Es war zu spät, um die Worte zurückzunehmen. Sie waren schon Seans Mund entschlüpft und in ihre Ohren gedrungen. Und o ja, sie hatte sie gehört.

Ruhi starrte ihn an. Ihre Lippen öffneten sich. Ihre Augen waren geweitet. Ihre Hand lag auf ihrem Bauch, als wolle sie ihr Baby vor dieser aberwitzigen Idee beschützen.

Sean hatte keine Ahnung, was in ihn gefahren war.

Moment. Doch, er wusste es. Es war das Gefühl ihres Kopfes an seiner Schulter. Es war der verletzliche, verlorene Ausdruck in ihren Augen, als sie zu ihm aufgeschaut hatte.

Es hatte sich so richtig angefühlt. Wenn sie ihn heiratete, und wenn es nur auf dem Papier war, dann konnte sie das jeden Tag tun.

Sie konnte nach einem langen Tag in der Klinik, an dem sie sich um andere gekümmert hatte, nach Hause kommen und er würde sich um sie kümmern. Er würde ihr eine wohlschmeckende Mahlzeit servieren, damit sie wieder Energie tanken konnte. Er würde ihr zuhören, wenn sie ihm all ihre Geheimnisse und Sorgen anvertraute. Er würde sie im Arm halten, wenn sie sich ausruhte und jede Last mit ihr teilen, inklusive der, die sie gerade in ihrem Bauch trug.

Doch das war ein Wunschtraum; ein selbstzerstörerisches Vorhaben. Statt eine mit Sprengstoff bestückte Weste anzuziehen, hatte Sean sein Herz geöffnet. Sein törichter Vorschlag würde ihm in einem Moment um die Ohren fliegen.

Ruhi kaute seinen Antrag in Gedanken durch, während sie ihn anstarrte. Sie dachte offensichtlich, dies sei die lächerlichste Idee aller Zeiten. Er hätte die Suppe abliefern und auf der Stelle wieder kehrtmachen sollen, ohne überhaupt über ihre Schwelle zu treten.

„Es tut mir Leid", sagte er und stand auf. „Das

war eine dumme Idee. Ich wollte nur irgendwie helfen."

Er ging ein paar Schritte auf die Tür zu. Sie hielt ihn nicht auf. Sie bewegte sich nicht. Sie war immer noch in der gleichen Haltung erstarrt, in der er sie auf dem kleinen Zweisitzer zurückgelassen hatte.

Schreckte der Gedanke an eine Verbindung mit ihm sie so sehr ab? Nun würde sie sich nicht mehr dabei wohlfühlen, ihn zu behandeln. Er hatte alles ruiniert und sie würde ihn nicht einmal mehr im beruflichen Kontext sehen wollen.

„Ich wollte nur noch klarstellen, dass ich natürlich nicht erwartet habe, dass wir wie ein richtiges Ehepaar zusammenleben würden", sagte er. „Es wäre eine rein platonische Beziehung. Wäre es gewesen, meine ich."

Warum redete er überhaupt noch? Er konnte sich nicht erinnern, wann er das letzte Mal so viel geredet hatte. Im letzten Jahr war er sogar den Menschen gegenüber, die ihm am nächsten standen, ein Mann weniger Worte gewesen.

Ein Grund dafür war, dass die vernarbte Haut auf seiner Wange jedes Mal spannte, wenn er den Mund aufmachte. Und so blieb er stumm, damit sich die Wunde nicht bewegte. Doch nun spürte er die

Narbe kaum noch und schaffte es offensichtlich nicht, den Mund zu halten.

„Sie müssten keine alleinerziehende Mutter sein. Sie hätten einen Partner. Ich könnte auf der Ranch bleiben. Wir könnten das Kind innerhalb einer großen Familie aufziehen, die einander unterstützt. Aber es war eine lächerliche Idee."

„Es klingt überhaupt nicht lächerlich." Ihre Stimme war so leise, dass er sie beinahe überhört hätte. Langsam drehte sie sich zu ihm um. Ihr Blick hob sich, und gleichzeitig stieg Hoffnung in seinem Herzen auf. „Also nur platonisch?"

„Wie bitte?" Sean trat einen Schritt auf sie zu. Es war ein vorsichtiger Schritt, als würde er sich einen Weg durch ein Minenfeld bahnen.

Ruhi stand auf. Ihre Schritte waren so vorsichtig wie die seinen. „Unsere Beziehung wäre also rein platonisch? Wir wären gleichberechtigt und würden alle Pflichten in Bezug auf Haushalt, Geld und Elternschaft teilen?"

In diesem Moment beschloss Seans Kiefer, sich zu verkrampfen. Er schluckte und versuchte, seinen trockenen Mund zu befeuchten. Als er seinen Kiefer wieder öffnen konnte, hätte er schwören können, er habe das Quietschen der Scharniere gehört. „Selbstverständlich."

„Und wenn Sie mit jemandem ausgehen wollen?", fragte sie.

Ein scharfer Atemzug verließ seine Nase, als er auflachte. Ausgehen? Er hatte seit einem Jahr nicht mehr daran gedacht, mit irgendeiner anderen Frau auszugehen außer ihr. Doch er wagte es nicht, ihr das zu sagen. Sein Herz hatte heute schon genug durchmachen müssen.

„Ich habe nicht vor, mit jemandem auszugehen", sagte er. „Nicht mit diesem Gesicht." Seine Hand hob sich und wies auf seine verwundete Gesichtshälfte.

Ruhis Blick folgte der Richtung, in die seine Finger deuteten. Sie legte den Kopf schief und runzelte die Stirn. Sean war nie befangen gewesen, wenn sie ihn betrachtete, seit sie zum ersten Mal ihre Finger an sein Kinn gelegt und seinen Kopf angehoben hatte, damit er ihr in die Augen blicken konnte. Doch nun strömten all seine Unsicherheiten auf ihn ein. Sich all dessen nur zu sehr bewusst, drehte er die rechte Seite seines Körpers von ihr weg. Doch ihre nächsten Worte ließen ihn alle Vorsicht vergessen.

„Sie sind sich gar nicht bewusst, wie schön Sie sind", sagte sie. „Und dass Ihre Güte durch alles hindurchschimmert."

Nein. Nein, dessen war er sich tatsächlich nicht bewusst gewesen. Er glaubte ihr nicht. „Ich bin kein guter Mensch."

„Das glaube ich nicht. Keinen Moment." Sie trat einen Schritt auf ihn zu. Dieses Mal mit mehr Sicherheit und weniger vorsichtig.

Sean trat einen Schritt zurück. „Ich habe … viel falsch gemacht, Ruhi."

Sie nickte. Sie wusste über seine PTBS Bescheid. Es stand in seiner Akte. Allerdings hatten sie noch nie miteinander darüber gesprochen. Sie wusste vermutlich, woher der Großteil der Belastung stammte. Und doch trat sie einen weiteren Schritt auf ihn zu.

„Sie haben Menschen beschützt", sagte sie. „Die unschuldigen Zivilisten in anderen Ländern und alle Menschen in unserem Land."

Sie blieb erst stehen, als sie direkt vor ihm stand. Dann atmete sie tief ein. Ihre Hand legte sich wieder auf ihren Bauch.

Sean hielt den Atem an. Er holte erst wieder Luft, als sie ausatmete.

Sie blickte ihn an. Ihre Augen waren so verletzlich, dass er einen weiteren Schritt auf sie zutrat. Doch ihr plötzliches Lachen ließ ihn innehalten.

Zum zweiten Mal an diesem Tag fühlte sich Sean, als wäre sein Herz in Stücke gesprengt worden.

„Das ist Wahnsinn", sagte sie. „Ich kann Ihnen das nicht antun. Ich kann nicht Ihr Leben ruinieren, nur weil ich meines in den Sand gesetzt habe."

Sie glaubte also, ihn zu heiraten, würde sein Leben ruinieren? Nicht ihres? Zum zweiten Mal an diesem Tag fügte sich sein Herz wieder zusammen und streckte sich nach der Hoffnung aus.

„Es würde mein Leben nicht ruinieren", sagte Sean. „Sie haben mir bei meiner Genesung geholfen. Sie sind der Grund, warum ich morgens aufstehen und dem Tag entgegentreten kann, obwohl ich *so* aussehe."

Sie öffnete den Mund, um zu protestieren, doch Sean hielt seine Hand hoch. Diese Beichte kam dem am nächsten, was er je tun würde, um ihr seine wahren Gefühle zu offenbaren.

„Ich habe Ihnen nie gesagt, wie viel es mir bedeutet, was Sie für mich tun. Wenn ich Ihnen auf diese Weise meine Dankbarkeit zeigen kann, indem ich Ihnen in einem Moment helfe, in dem Sie das brauchen, dann wäre es mir eine Ehre, Ihr Held zu sein."

Es wäre der richtige Moment gewesen, um auf die Knie zu sinken und ihr einen Antrag zu machen. Aber er hütete sich, das zu tun. Er wusste, dass er

Ruhi damit nicht beeindrucken konnte. Und so streckte er ihr stattdessen seine Hand entgegen.

„Ruhi Patel, es wäre mir eine Ehre, dieses Kind gemeinsam mit dir großzuziehen. Könntest du dir vorstellen, meine Hand anzunehmen und meine Partnerin zu werden?"

KAPITEL ACHT

Zum ersten Mal seit Tagen wachte Ruhi auf, ohne sofort aufspringen und zur Toilette eilen zu müssen. Ihr Magen rumorte, weil sie Hunger hatte und nicht, weil ihr übel war. Sie fühlte sich leicht statt benebelt.

Ihre Hand strich über ihren Bauch. Er war immer noch flach, aber sie fühlte sich anders. Sie wusste, dass in ihr ein neues Leben heranwuchs. Und auch sie selbst würde ein neues Leben beginnen.

Sie würde heiraten. Oder wenigstens glaubte sie, dass sie heiraten würde. Sie hatte Sean noch keine endgültige Antwort gegeben. Sie hatte zu ihm gesagt, dass sie über seinen Antrag nachdenken würde.

Als sie im Bett lag, nachdem er gegangen war, hatte sie an nichts anderes mehr gedacht. Es würde so viele Probleme lösen. Das erste wäre ihr Wunsch, nicht allein ein Kind aufziehen zu müssen. Dann war da die Enttäuschung auf dem Gesicht ihrer Eltern, die sie erwarten würde, wenn sie ihnen die Neuigkeiten brachte. Doch mit Sean an ihrer Seite würden sie nicht die Stirn runzeln.

Ihre Eltern liebten jeden einzelnen der Soldaten. Jeder von ihnen würde auf ihrer Genehmigungsliste der Ehemänner für ihre alleinstehende, berufstätige Tochter stehen. Das schloss auch Sean ein; die sanfte Seele, dessen Antlitz von den Verwüstungen des Krieges heimgesucht worden war.

Sean ging nicht zum Gottesdienst, doch Ruhi hatte ihn unzählige Male draußen auf den Wiesen mit einer Bibel in seiner Hand gesehen. Ihr Vater hatte erwähnt, dass sie bei einigen Therapiesitzungen miteinander gebetet hatten. Sean schien seinen Glauben einfach gern allein zu praktizieren.

Er war ein pragmatischer Mann und neigte nicht zu romantischen Gesten. Sein Heiratsantrag war nicht besonders poetisch gewesen, sondern vielmehr pragmatisch und gut durchdacht. Er hatte damit nicht ihr Herz im Sturm erobert. Aber er hatte sie zum Nachdenken angeregt.

Seine Idee schien durchaus sinnvoll zu sein. Ihr fiel kein einziger Grund ein, warum sie Seans Antrag nicht ernsthaft in Erwägung ziehen sollte. Liebe schien ihr in diesem Leben offensichtlich nicht vergönnt zu sein. Sie hatte genügend Männer getroffen, um zu wissen, dass der Funke vermutlich nie ihr Herz entfachen würde. Es war höchste Zeit, dass sie aufhörte, danach zu suchen.

Sie musste sich nun noch um ein anderes Leben kümmern außer um ihr eigenes. Sie musste anfangen, praktisch zu denken. Aber konnte sie den Rest ihres Lebens mit Sean in einer platonischen Beziehung verbringen? Konnte er es? Konnte ein Mann wirklich eine platonische Freundschaft führen?

Ruhi war nicht überzeugt, dass das biologisch möglich war. Sie hatte Sean das ganze Jahr über, das er schon auf der Ranch wohnte, noch nie mit einer Frau gesehen. Er verließ kaum das Gelände. Er hob kaum den Blick, um eine der Frauen anzuschauen, die auf der Ranch arbeiteten. Bis auf die anderen Ehefrauen – und auf sie.

Sie und Sean kamen gut miteinander zurecht. Er war anständig, loyal und freundlich. Er war hin und wieder sogar witzig. Er respektierte, was sie tat und vertraute ihrem Urteil. Sie waren beide finanziell abgesichert.

Himmel, im Grunde führte sie mit ihm die beste Beziehung ihres Lebens und hatte es nicht einmal gemerkt.

Das einzige Problem war, dass es zwischen ihnen keine Liebe gab. Aber war das wirklich ein Problem? Wenn die Liebe ihr in all den Jahren nie begegnet war, würde sie sie vermutlich auch weiterhin ignorieren. Nicht alle heirateten aus Liebe. Der allergrößte Teil aller Ehen bestand aus einer geschäftlichen Abmachung, und es funktionierte. Warum sollte es bei ihr anders sein?

Wenn sich Sean in ein paar Jahren scheiden lassen wollte, weil er eine Frau gefunden hatte, die ihn liebte und die er ebenfalls liebte, würde sie das respektieren und ihn freigeben. Es war schließlich nur ein Vertrag. Es wäre nicht notwendig, daran festzuhalten, wenn die Vereinbarung nicht mehr von Nutzen für ihn war.

Mit diesen Gedanken im Kopf zog sich Ruhi an und machte sich auf den Weg zur Arbeit. Sie musste erst später am Nachmittag auf der Ranch sein. Schnell erledigte sie ihre Runden in der Poliklinik. In der Klinik wurden sie zwar dazu angehalten, dass Konsultationen nicht länger als zwanzig Minuten dauern durften, aber schnell und gratis stand oft im Widerspruch zueinander.

Zuerst kam eine Mutter von fünf Kindern, von denen jedes einzelne eine Bindehautentzündung hatte. Dann folgte ein Sechzehnjähriger mit etwas, das Ruhi ihm als Geschlechtskrankheit bestätigte. Bei einer Vierzehnjährigen stellte sich heraus, dass sie statt der vermuteten Schwangerschaft eine Grippe hatte. Ruhi konnte keine dieser Personen einfach mit einem Arztbericht und einem Danke für ihren Besuch abspeisen. Jeder von ihnen verdiente ihre ungeteilte Aufmerksamkeit und ein echtes Gespräch.

So kam es, dass Ruhi die Poliklinik erst lange nach Mittag verließ. Als sie auf der Purple Heart Ranch ankam, sah sie den leuchtendgelben Schulbus, der die Teenager aus dem Jugendprojekt ablieferte. Als Letzter kletterte ein Junge aus dem Bus, der hustete.

Ruhi erkannte in ihm den Burschen, bei dem sie die Bronchitis festgestellt hatte. James hieß er, hatte er gesagt. Ruhi ging hinüber zu dem Jungen, bevor er mit den anderen in Richtung der Koppeln verschwinden konnte.

„Hallo, James", rief sie ihm zu. „Geht es dir besser?"

Der Junge blickte sich um, als sei er nicht ganz

sicher, ob sie wirklich mit ihm redete. „Oh. Hallo. Ja. Mir geht's gut."

Ruhi hatte seit ein paar Tagen das gleiche gesagt, obwohl es ihr nicht gut ging. Nicht bis heute Morgen, als sie das Gefühl hatte, endlich einen neuen Fünfjahresplan parat zu haben. Einen, der eine Zweckehe, die Suche nach dem besten Kindergarten in der Gegend und vielleicht eine eigene Praxis beinhaltete. Montana war einer der wenigen Bundesstaaten, in denen eine Krankenschwester eine eigene Praxis eröffnen konnte. Dann konnte sie sich so viel Zeit für ihre Patienten nehmen, wie nötig war, um ihre inneren und äußeren Leiden zu lindern.

„Hast du die Medizin bekommen, die ich dir verschrieben habe?", fragte sie den Jungen.

„Mein Vater hat gesagt, er besorgt sie mir heute."

Die schnelle Antwort des Jungen machte Ruhi misstrauisch. Er sagte eindeutig nicht die Wahrheit. War es nicht schon zwei Tage her, seit er bei ihr gewesen war? Wenn eine Bronchitis nicht behandelt wurde, konnte sich etwas viel Schlimmeres daraus entwickeln.

„Ich glaube, ich habe etwas Hustensirup in meinem Sprechzimmer. Willst du nicht mitkommen? Dann gebe ich es dir."

Doch er schüttelte bereits den Kopf und wich zurück. „Ich muss zu den anderen. Ich habe schon einen Tag verpasst. Aber ich komme nachher vorbei."

„Okay." Sie konnte nichts anderes tun als zuzuschauen, wie der Junge davonging. Für den Moment. Von ihrem Büro aus würde sie die Schulschwester anrufen und nachfragen, ob man dort etwas für den Jungen tun konnte.

„Der macht es uns nicht leicht." Dylan kam aus dem Schatten hervor und trat zu ihr. „Er ist ein Einzelgänger. Mag es nicht, wenn ihn jemand schwach sieht."

„Ja, ich kenne den Typ Mensch", sagte Ruhi. „Hey, haben Sie Sean gesehen?"

„Er war vorhin in den Ställen. Hat er Sie nicht gestern besucht?" Dylans Augenbraue hob sich leicht.

Das war etwas, das sie an der Aussicht, auf der Ranch zu leben, nicht besonders begeisterte. Es gab hier nur wenig Privatsphäre, selbst wenn die Türen geschlossen waren. Doch genau wie jeder seine Nase in die Sachen der anderen steckte, so sehr unterstützte und kümmerte man sich auch umeinander. Ranchfamilien waren echte Familien.

Trotzdem war Ruhi noch nicht bereit, ihre Angelegenheiten allen unter die Nase zu reiben. Sie zuckte mit den Schultern und vermied es, Dylans prüfenden blauen Augen zu begegnen. „Ich habe mich nicht ganz wohl gefühlt. Er hat mir eine Suppe gebracht. Ich wollte ihm nur Danke sagen."

„Hmm."

Ruhi ignorierte das vielsagende Geräusch, das Dylan von sich gab, und machte sich auf den Weg zu den Ställen. Sie fand Sean in einer der Boxen, die er gerade ausmistete. Sie rief seinen Namen, doch er reagierte nicht. An dem Kabel, das aus seinen Ohren hing, erkannte sie, dass er Ohrstöpsel trug. Rufen würde also nichts nützen. Sie ging zu ihm hin und tippte ihn auf die Schulter.

Sean wirbelte herum, die Mistgabel wie einen Schläger erhoben. Instinktiv hob Ruhi die Arme, um ihren Kopf zu schützen. Durch ihre Finger hindurch sah sie, wie sich Seans Augen weiteten.

Er ließ die Mistgabel fallen und beugte sich nach vorn, als würde er sich gleich übergeben. „O Gott. O Gott."

Ruhi richtete sich auf und trat zu ihm. Sie streckte die Hand aus. Doch dann zog sie sie im letzten Moment wieder zurück. „Sean?"

Seine Augen waren fest geschlossen. Seine Hände hatten sich zu Fäusten verkrampft. „Du darfst sich nicht so an mich anschleichen." Seine Stimme war leise und klang gebrochen.

Ruhi hatte ihn noch nie irgendwo suchen müssen. Bisher hatte er immer vor der Tür ihres Sprechzimmers auf sie gewartet. „Es tut mir Leid. Beim nächsten Mal weiß ich es besser."

„Beim nächsten Mal?"

Das Zittern in seiner Stimme ließ etwas tief in ihrem Innern erbeben. Ruhi sah es nicht gern, wenn Menschen Schmerzen hatten, besonders nicht, wenn ihr diese Menschen wichtig waren. Sean war für sie da gewesen, als es ihr nicht gut gegangen war. Und nun hatte sie ihn irgendwie verletzt.

Seans Blick wanderte von ihren Augen zu ihrem Bauch. „Nein. Es darf kein nächstes Mal geben. Was habe ich mir nur dabei gedacht? Ich könnte dich oder das Baby verletzen."

„Du würdest nie ..."

„Nein, nicht absichtlich. Aber was ist, wenn ich überrascht werde oder erschrecke? Was ist, wenn das Baby nachts zu mir ins Zimmer kommt und ich gerade einen Albtraum habe und ..."

„Sean, ich kenne dich. Ich vertraue dir. Du würdest nie jemanden verletzen."

„Aber ich habe schon Menschen verletzt."

„Ja, in der Armee."

Er starrte sie an. In seinem Blick lag so viel Verletzlichkeit. Sie wollte ihn in eine Decke hüllen und ihn beschützen. Doch stattdessen wandte sie sich ab und blickte hinaus in die Mittagssonne.

Traf sie wirklich die richtige Entscheidung? Sie hatte Seans Kampf mit den Dämonen noch nie mit eigenen Augen gesehen. Dieser Blick in seinen Augen, so kurz er auch gewesen sein mochte, als er sie nicht erkannte, hatte sie erschreckt. Machte sie einen Fehler, wenn sie ihr Kind unter dem gleichen Dach mit diesem Mann aufwachsen ließ?

Sie wandte sich ihm genau in dem Moment wieder zu, als er einen Schritt auf sie zutrat. Unge-schickt stießen sie zusammen. Als beide ins Taumeln gerieten, drehte Sean seinen Körper so, dass er zuunterst auf dem harten Boden landete und Ruhi auf ihm zu liegen kam.

In diesem Moment war für Ruhi die Sache klar. Was auch immer er selbst über sich denken mochte, Ruhi zweifelte keinen Augenblick daran, dass Sean alles Nötige tun würde, um sie und ihr Baby zu versorgen und zu beschützen.

Als sie seinen muskulösen Körper unter dem ihren spürte, fragte sie sich auf einmal, wie lange der platonische Teil ihres Planes wirklich funktionieren würde. Und so, wie er zu ihren Lippen aufschaute, dachte er vielleicht gerade das gleiche. Wieder schoss ihr der Gedanke durch den Kopf, ob dies vielleicht ein Fehler war. Aber dieses Mal aus einem anderen Grund.

„Ruhi?", hörte sie ihren Vater rufen. „Dylan hat mir gesagt, dass du hier bist. Ich habe eine Überraschung für dich."

Dr. Patel schob die Stalltür auf und ließ das volle Tageslicht in den Stall fallen. Die Überraschung bestand darin, dass er ihre Mutter dabei hatte. Mit erhobenen Augenbrauen blickten ihre Eltern auf Ruhi hinab, die auf Sean lag.

Keiner bewegte sich. Weder ihre Eltern, die im Stalleingang standen, noch Ruhi oder Sean, die ineinander verschlungen auf dem Boden lagen. Die Stille im Stall war ohrenbetäubend.

„Keine Sorge", sagte Ruhi. „Wir werden heiraten."

KAPITEL NEUN

Sean war schon früher mit Mädchen von deren Eltern erwischt worden. Es war dabei nie um mehr gegangen als um ein paar Küsse. Und die Eltern waren nie besonders verärgert darüber gewesen, ihre Töchter in seinen Armen anzutreffen. Sean war ein guter Schüler gewesen, stammte aus einer guten Familie und eine großartige Zukunft hatte vor ihm gelegen.

Das war damals gewesen.

Doch nun sah das anders aus.

Dr. Patel legte seine Fingerspitzen auf dem Schreibtisch vor sich aneinander. Sie saßen nicht auf der in der anderen Ecke des Raums stehenden Sitzgruppe aus Stuhl und Sofa, auf dem Sean während seiner Therapie Platz nahm. Das hier war keine Therapiesitzung. Es war ein Verhör.

„Also", begann der Doktor. „Sie und Ruhi?"

Das war's? So wollte Dr. Patel dieses Gespräch also beginnen? Wie sollte Sean nur auf diese Frage antworten? Es gab so viele Möglichkeiten.

Er und Ruhi waren in einer verfänglichen Lage erwischt worden.

Er und Ruhi waren ein Paar.

Er und Ruhi sollten bei einem Kuchenbasar mitmachen.

„Es war nicht das, wonach es aussah." Das schien ihm eine sichere Antwort zu sein.

Dr. Patel wartete geduldig, dass Sean ihm erklärte, was es denn stattdessen gewesen war. Was sollte Sean dem Vater der Frau sagen, in die er heimlich verliebt war und mit der er eine Zweckehe eingehen wollte, um den Versager zu ersetzen, der ihr Kind gezeugt hatte? Alles, was jetzt aus seinem Mund kommen würde, wäre eine Lüge.

„Ihre Tochter liegt mir sehr am Herzen."

Das war die Wahrheit. Sean würde seine Beziehung zu diesem Mann nicht beschmutzen, der ihm so sehr geholfen hatte. Er verdiente nichts anderes als die Wahrheit.

„Ich weiß", sagte Dr. Patel.

Natürlich wusste er es. Dr. Patel wusste alles. Sean und die anderen waren schon lange der Ansicht, dass dieser Mann einen direkten Draht zu Gott hatte. Vermutlich unterhielten sich die beiden regelmäßig über das Innenleben aller anderen und Gott hatte Dr. Patel gesandt, um sein gutes Werk auf dieser Erde zu tun, während er im Himmel blieb.

„Und genau das macht mir Sorgen", fuhr Dr. Patel fort. „Meine Tochter hat sehr unkonventionelle Ansichten über Beziehungen. Ich weiß, dass Sie aus einer traditionellen Familie stammen. Und ganz gleich, was Sie über sich selbst denken mögen, weiß ich, dass Sie sich eine Frau und Kinder wünschen. Ich bin mir aber nicht sicher, dass Ruhi das je haben möchte."

Wow. Wahrscheinlich war dies das allererste Mal in seinem ganzen Leben, dass Dr. Patel falsch lag.

Ja, Sean wünschte sich diese Dinge. Er wünschte sich eine eigene Familie. Er wünschte sich eine Frau, die ihn abends zu Hause erwartete. Er wünschte sich Kinder, die er in die Luft werfen und denen er so vieles über das Leben beibringen konnte. Das Problem war, dass Ruhi die einzige Frau war, mit der er sich all diese Dinge vorstellen konnte.

„Vater zu sein ist die schwierigste Aufgabe von allen", sprach Dr. Patel weiter. „Früher habe ich gedacht, verheiratet zu sein sei harte Arbeit. Aber Mann und Frau suchen wenigstens stets gemeinsam nach einem Kompromiss. Bei einem Vater und seinen Kindern sieht die Beziehung ganz anders aus. Man kann ihnen zwar den richtigen Weg zeigen, aber irgendwann muss man sie gehen und ihre eigenen Entscheidungen treffen lassen. Am schwersten ist es, wenn man weiß, dass der Weg, für den sie sich entscheiden, nicht der beste für sie ist."

Sean wusste das. Seine eigene Familie, die er sehr liebte, hatte ihn dazu gedrängt, nach seiner Entlassung aus der Armee nach Hause zurückzukommen. Doch Sean wusste, dass es ihm nicht bei seiner Genesung helfen würde, wenn er wieder als Zivilist lebte, selbst wenn er von den Menschen umgeben war, die ihn am meisten liebten. Er wusste, dass er seine Kameraden um sich brauchte; Männer, die Verständnis haben und nicht verletzt sein würden, wenn er die Stille suchen und allein sein musste.

„Ich wäre begeistert, wenn meine Tochter jemanden wie Sie heiraten würde. Ich wäre überglücklich, wenn sie sich für Sie entscheiden würde. Freud würde sagen, sie rebelliert gegen ihr elterliches Über-Ich. Aber ich glaube nicht, dass sie glücklich ist. Ich weiß, dass sie nicht glücklich ist. Ich mache mir Sorgen um sie. Aber ich muss sie ihren

Weg gehen lassen und hoffen, dass sie am Ende dort landet, wo sie hingehört. Das Problem ist, Sean, dass ich nicht möchte, dass Sie dabei verletzt werden."

Sean konnte nicht anders, als zu lächeln, obwohl es seinem Gesicht wehtat. Dieser Mann würde sein Schwiegervater werden. Er konnte sich kein besseres Vorbild und kein zuverlässigeres Familienoberhaupt wünschen als den Vater, den er hatte. Aber Dr. Patel stand seinem alten Herrn in nichts nach.

Sean schob den Stuhl vom Schreibtisch zurück. Er strich mit den Händen über seine Jeans, um den Stoff zu glätten, als er aufstand. „Dr. Patel, ich muss Ihnen eine sehr wichtige Frage stellen. Ich möchte Sie um Erlaubnis bitten, Ihre Tochter zu heiraten."

Dr. Patel runzelte die Stirn. „Haben Sie mir nicht zugehört, mein Sohn?"

Mein Sohn. Sean gefiel es, wie das klang. „Doch, das habe ich. Ich habe Ruhi schon gebeten, meine Frau zu werden und sie hat Ja gesagt."

Noch nie zuvor hatte Sean erlebt, dass Dr. Patel sprachlos war.

„Ich hätte Sie gern zuerst um Erlaubnis gebeten, aber es ging alles so schnell."

„Entschuldigung, aber warum? Ich weiß, dass sie Sie mag, aber nicht auf romantische Art und Weise.

Ich habe auch gesehen, welche Blicke Sie ihr zuwerfen. Da stecken eindeutig romantische Gefühle dahinter."

Sean strich sich über das Kinn. Dr. Patel hatte Recht. Sean war verliebt, während Ruhi nur in Schwierigkeiten war.

„Hat es etwas mit der Bauverordnung zu tun?"

Sean setzte sich wieder hin. Dabei nickte er.

„Ich muss sagen, es überrascht mich, dass sie dabei helfen möchte. Ich nehme an, Sie beide haben eine Abmachung getroffen, wie lange das Ganze dauern soll?"

Sie hatte nicht darüber gesprochen, wie lange ihre Ehe dauern sollte. Sean wollte, dass es ein Leben lang war, selbst wenn es für immer eine platonische Beziehung bleiben sollte. In der Nähe von Ruhi zu sein, schenkte ihm ein Gefühl von Lebendigkeit.

„Aber Sie haben echte Gefühle für sie?"

„Das tue ich", gab Sean zu.

„Weiß sie das?"

„Ich glaube nicht." Er konnte Ruhis Vater nicht sagen, dass ihre Ehe nur auf dem Papier bestehen würde. Besonders nicht, wenn bereits ein Baby in ihr heranwuchs.

„Und was ist mit ... wie hieß er nochmal?"

Es sagte viel aus, wenn der Vater der Freundin sich nicht an den Namen des Freundes erinnern konnte. „Michael. Er geht weg. Er hat eine Arbeit im Ausland."

„Oh." Dr. Patel schien nicht besonders traurig darüber zu sein. „Nun gut. Ihre Abmachung macht mir zwar ein wenig Sorgen, aber ich freue mich auch darüber. Ich habe es so gemeint, als ich gesagt habe, dass ich mir keinen besseren Mann für sie vorstellen kann."

„Und Sie machen sich keine Sorgen wegen meiner … Anfälle?"

Dr. Patel holte tief Luft. „Es gibt ein paar Regeln, die man wegen Ihrer Albträume einführen kann. Aber ich vertraue Ihnen."

Ruhi hatte das Gleiche gesagt. Sean würde alles in seiner Macht Stehende tun, um dieses Vertrauen nicht zu verlieren, auch wenn die ganze Beziehung ihren Ursprung in einer Lüge hatte.

KAPITEL ZEHN

„Ich dachte, du wärst mit Mitchel zusammen?“

Ruhi blickte zu ihrer Mutter hinüber, als diese den Namen ihres Ex-Freundes falsch aussprach. Deeksha Patel war in bunte Hosen und ein leuchtendes T-Shirt gekleidet. Ganz gleich, an welchem Ort der Welt sie lebte, im Herzen blieb eine Inderin eben immer eine Inderin.

„Sein Name ist Michael“, sagte Ruhi. „Und wir haben uns getrennt.“

Warum konnte sich nur nie jemand an seinen Namen erinnern? Sie waren fünf Monate lang ein Paar gewesen. Na gut, sie hatten sich vier Monate lang unverbindlich getroffen. Aber sie hatte Michael ihrer Familie und ihren Freunden vorgestellt. Und doch wusste nie einer von ihnen, wie er hieß. Zugegeben, jetzt wünschte sich Ruhi, sie alle würden vergessen, dass es ihn überhaupt je gegeben hatte.

„Das mit dir und Sean ist also wieder so eine unverbindliche Sache?" Ihre Mutter verzog das Gesicht, als sie das Wort aussprach. In die Falten um ihre Augen stand Enttäuschung geschrieben.

„Das zwischen mir und Sean ist … mehr als unverbindlich."

Und da geschah es. Die Augen ihrer Mutter leuchteten auf. Ruhi versuchte, dieses Leuchten nicht an sich heranzulassen, aber sie konnte sich einfach nicht dagegen wehren. Sie liebte es, sich in der Anerkennung ihrer Eltern zu sonnen. Es war lange her, seit das zum letzten Mal geschehen war.

Sie hatte in der Schule immer gute Noten gehabt. Sie war gut im Sport gewesen. Doch all diese Errungenschaften lagen überwiegend in der Vergangenheit. Sie hatte gehofft, die Stelle bei „Ärzte ohne Grenzen" würde ihr wieder die Anerkennung ihrer Eltern einbringen. Aber diese Karrierechance war ihr ja nun von diesem Mitchel-Typen unter der Nase weggeschnappt worden.

Ruhi wusste, dass ihre Schwangerschaft ihr erneut die enttäuschten Sorgenfalten ihrer Eltern einbringen würde, wenn sie erfuhren, dass es das

Kind eines anderen Mannes war. Eines Mannes, bei dem sie sich nicht einmal die Mühe machten, sich seinen Namen zu merken. Aber würden sie es dank ihrer Abmachung mit Sean überhaupt je erfahren müssen?

Und dann war da noch ihre bevorstehende Heirat mit Sean. Sie wusste, dass jeder aus ihrer Familie sich wünschte, sie würde endlich den passenden Partner finden. Obwohl ihre Eltern sie und ihre Geschwister sehr dazu angespornt hatten, in ihrer schulischen und ihrer beruflichen Laufbahn ihr Bestes zu geben, wusste Ruhi, dass alle davon überzeugt waren, dass Ehe und Familie die wahren Ziele des Lebens waren.

„Ich habe es doch gesagt", sagte Ruhi. „Wir werden heiraten."

„Das im Stall war also kein Witz?"

„Nein, Mama. Ich habe es vollkommen ernst gemeint." Sie klang wie ein Kind, dessen Eltern glaubten, es würde flunkern. „Er hat mich gefragt und ich habe Ja gesagt."

Ein Atemzug entwich ihrer Mutter. Ihre Arme schlossen sich um Ruhi. Sie drückte sie so fest an sich, dass Ruhi fürchtete, wie würde bersten.

Ein mädchenhaftes Kichern entfuhr ihrer Mutter, als sie Ruhi wieder aus ihrer Umarmung entließ. „Wir werden sofort die Hochzeit planen und …"

O nein. Den Stolz über ihre Hochzeit und darüber, dass sie endlich in festen Händen war, konnte Ruhi noch ertragen. Aber eine traditionelle indische Hochzeit, die mehrere Tage dauern würde? Nein. An diesem Punkt musste sie ihr Veto einlegen.

„Mama, wir werden uns einfach im Rathaus trauen lassen."

Der Stolz, die Freude und das Kichern fanden ein abruptes Ende – so, als würde die Nadel von einer Schallplatte rutschen. Innerhalb eines Augenblicks war die Freude ihrer Mutter über die Ankündigung wie weggeblasen. Deeksha Patel holte tief Luft, um etwas zu beginnen, das, wie Ruhi wusste, eine lange Tirade werden würde, die erst enden würde, wenn Ruhi einlenkte.

„Aber du bist mein letztes Kind."

„Ich weiß, Mama. Aber du hast das doch schon zweimal machen dürfen."

„Willst du denn nicht deine Verbindung mit Sean feiern?"

„Es geht nicht um die Feier, Mama. Es geht um das Versprechen, das wir einander geben. Um die Beziehung. Darauf möchte ich mich konzentrieren."

Wo kam das denn auf einmal her? Es war nicht

so, dass Ruhi nie vorgehabt hatte, zu heiraten. Sie konnte sich einfach nicht vorstellen, eine große Hochzeit zu feiern. Sie stand nicht gern im Mittelpunkt. Sie wollte nur von ihrer Familie gelobt werden. Das war alles, was sie brauchte – ihre Familie um sich herum, während sie all das durchmachte, was ihr bevorstand.

Und Sean.

Sean war in den letzten paar Tagen ihr Fels gewesen. Er war Teil all ihrer Zukunftspläne geworden. Wie war das nur passiert, dass er auf einmal zu einem so wesentlicher Teil ihres Lebens geworden war?

Sie wusste nur, dass sie das hier ohne ihn nicht schaffen würde. Sie wollte es nicht. Und sie wollte auch kein großes Aufhebens um den Beginn ihrer Ehe machen. Sie wusste, dass er das auch nicht wollen würde. Genau wie sie stand auch Sean nicht gern im Rampenlicht.

„Sean und ich sind nicht gern unter vielen Menschen. Wir wollen nicht, dass um uns so ein Theater gemacht wird.“

„Oh“, sagte ihre Mutter. Sie rieb sich über die rechte Seite ihrer Wange. „Ich verstehe. Er hat Angst, dass die Leute ihn anstarren. Aber er ist doch so attraktiv!“

Sean war tatsächlich attraktiv. Seine Narbe unterstrich das nur noch. Sie verlieh ihm einen Hauch des Geheimnisvollen. Ruhi hatte gesehen, dass ihm einige der anderen Frauen, die auf der Ranch arbeiteten, sehnsuchtsvolle Blicke zuwarfen. Sean hatte das natürlich nie bemerkt. Er war immer viel zu sehr damit beschäftigt, nach unten zu blicken und sein Gesicht zu verstecken.

Aber nicht bei ihr. Ihr schaute er ins Gesicht. Vor allem, weil sie ihn dazu zwang, wenn sie ihn behandelte. Aber er schenkte ihr auch sein Lächeln, von dem sie wusste, dass es ihm schwerfiel, weil es sich für ihn unangenehm anfühlte.

„Ruhi?"

Ruhi blinzelte, als ihre Mutter ihren Namen sagte. Sie hatte sich vollkommen in den Gedanken an Seans Lächeln verloren. Schnell schob sie die Gedanken beiseite. Nein, auf diesen Weg würde sie sich nicht begeben.

Sean mochte sie weiterhin anlächeln. Sie war überzeugt, dass er das tun würde. Aber sein Lächeln würde immer freundschaftlich bleiben. Mit mehr konnte sich nicht umgehen. Es hatte zu viel Ablehnung in ihrem Leben gegeben. Sie musste sich auf ihr Baby konzentrieren. Und auf ihre Pläne.

„Keine Sorge", sagte ihre Mutter. „Ich werde alles

planen. Ihr werdet hier auf der Ranch heiraten wie die anderen Soldaten. Und wir laden nur ein paar Verwandte ein."

Ruhi holte Luft und wollte widersprechen. Doch in dem Moment, in dem die Luft in ihre Lungen strömte, wurde ihr auf einmal bewusst, wie müde sie war. Sie hatte heute keine Kraft mehr, um zu streiten. „Natürlich, Mama."

Die Augen ihrer Mutter leuchteten auf. Sie schlang ihre Arme um ihre Tochter. Ruhi hörte nichts mehr von den Plänen ihrer Mutter, die schnell weit über die kleine Feier hinausgingen, die sie ihr gerade noch versprochen hatte. Sie nickte einfach nur und gab nach und ließ zu, dass sich ihre Mutter um alles kümmerte.

KAPITEL ELF

Die Farben leuchteten so grell, dass Sean seine Augen abschirmen musste. Mrs. Patel hatte gesagt, sie würde ein paar Leute einladen – nur enge Verwandte und Freunde. Doch alle Plätze vor dem Pavillon waren besetzt und dahinter standen reihenweise Menschen. Alle in leuchtenden Farben.

Ihm war gesagt worden, dass dies eine kleine familiäre Zeremonie namens *ganesh pooja* war. Sie war nur für den engsten Kreis der Angehörigen gedacht und fand am ersten Abend einer traditionellen indischen Hochzeit statt. Normalerweise, hatte er erfahren, dauerte eine Hochzeit drei Tage.

Ruhi hatte viele der Kämpfe um die Hochzeitsplanung verloren. Einer der beiden, die sie gewonnen hatte, bestand darin, dass die Hochzeit am Samstag dieser Woche stattfinden würde. Und sie hatte darauf bestanden, dass man alles nur auf einen Tag beschränken würde. Grollend hatte Mrs. Patel zugestimmt. Sean nahm an, dass Ruhi die neueste Gästeliste nicht zu sehen bekommen hatte.

Sie hatten beide nur eine kleine Hochzeit gewollt. Aber beide Elternpaare hatten andere Vorstellungen für ihre Kinder gehabt.

Unter all den leuchtend bunten Saris sah Sean auch seine Eltern und deren Freunde. Die Männer trugen Anzüge und die Frauen ihre besten Sonntagshüte. Die beiden Familien hatten sich zu einem Programmpunkt zusammengefunden, den man *sangeet* nannte und der normalerweise am zweiten Abend einer traditionellen indischen Hochzeit stattfand.

Sean musste zugeben, dass er überfordert war. Es war eine Weile her, seit er so viele Menschen und so viel Lärm um sich herum gehabt hatte. Er konzentrierte sich auf seine Atmung und auf seinen Herzschlag.

„Sean?"

Dylan achtete immer darauf, sich anzukündigen, bevor er eine Hand auf Seans Schulter legte. Doch Sean verkrampfte sich trotzdem. Nicht wegen der

Berührung seines Freundes, sondern weil er in seinem Versteck entdeckt worden war.

„Wie hältst du dich?", fragte Dylan und blickte zu der versammelten Menge hinüber. „Es ist ja nicht gerade eine kleine Hochzeitsgesellschaft."

Zwischen seinen und Ruhis Familien und Freunden sah Sean seine Ranchfamilie. Reed stellte gerade Sarai Seans Eltern vor. Xavier redete mit Seans älterer Schwester – diese Avancen würde er unterbinden müssen. Aber da trat schon Fran zwischen die beiden und stellte Seans Schwester seiner Frau vor. Maggie machte mit ihren Hunden im Schlepptau die Runde unter der Patel-Familie.

„Bereit?", fragte Dylan.

Sean wusste nicht, ob sein Freund die Ehe meinte, die Hochzeit oder seine Zukunft. Er versuchte, sich auf Dylans Worte zu konzentrieren und nicht auf die Kakophonie an Geräuschen. Er wollte im Schatten bleiben, so dass die Sonne nicht auf ihn herunterbrennen und an das Feuer erinnern konnte. Er würde sich ein paar vertraute Gesichter aussuchen und nicht ständig nach Gefahren Ausschau halten.

Obwohl Sean einige der Gesichter nicht kannte, wusste er, dass nirgends eine Gefahr lauerte. Jedes

Gesicht war voller Freude und Erwartung. Und alle unterstützten seine Verbindung mit Ruhi.

Das hier waren alles Familienmitglieder und Freunde. Keiner hatte vor, jemanden zu verletzen. Alle waren gekommen, um zu feiern. Und doch weigerte sich sein Herzschlag, sich zu beruhigen.

„Wir stehen hinter dir", sagte Dylan. „Das weißt du."

Sean nickte. „Das weiß ich."

„Du musst nur ein Wort sagen und wir sorgen dafür, dass die Zeremonie im ganz kleinen Kreis stattfindet."

Sean schüttelte den Kopf. Mrs. Patel und Seans Mutter hatten sich so viel Mühe gegeben, um diese Hochzeit innerhalb weniger Tage zu organisieren. Er bekam, was er wollte – er durfte die Frau seiner Träume heiraten. Da konnte er auch ihren Familien das geben, was sie wollten. Und sie wollten nun einmal ein großes Fest mit vielen Gästen. Er würde das schaffen.

„Ich brauche einen Moment für mich."

Dylan nickte und trat zurück, um Sean alleinzulassen. Sobald sein Freund außer Sichtweite war, schlich Sean um die Ecke und machte sich auf den Weg zurück zu den Wohnhäusern. Er war unbewusst auf der Suche nach Ruhi.

Er wusste, dass er sie gefunden hatte, als er das Kichern vieler Frauenstimmen hörte. Sie waren im Haus von Maggie und Dylan, dem größten auf dem Gelände. Ruhi war auch schon in seinem Haus gewesen – ihrem Haus – um ihre Sachen hinzubringen, aber sie hatte noch keine Nacht dort verbracht.

Sean klopfte an die Fliegengittertür. „Ich bin's, Sean. Kann ich einen Moment mit Ruhi sprechen?"

„Du darfst sie nicht vor der Hochzeit sehen", rief Mrs. Patel zu ihm hinaus. „Das bringt Unglück!"

„Ich weiß. Ich möchte nur kurz mit ihr reden. Allein, wenn das geht."

Die Frauen kamen zur Haustür. Mrs. Patel betrachtete ihn mit einem verkniffenen Ausdruck, der jedoch sofort weich wurde. Sie stellte sich auf die Zehenspitzen und pflanzte einen Kuss auf seine linke Gesichtshälfte. Es war eine Geste, die bisher nur Ruhi gewagt hatte, aber Sean hielt für Mrs. Patel still. Er fühlte sich unbehaglich, aber er ließ es zu.

„Wag es bloß nicht, dich umzudrehen", warnte Mrs. Patel.

Sean blieb mit dem Rücken zu seiner Braut in der Tür stehen, als die Frauen aus dem Haus strömten und auf die Terrasse traten. Seans Blick richtete sich auf die versammelte Gruppe. Er konnte nicht anders, als erneut nach Gefahren Ausschau zu halten. Aber er konnte unter den kichernden Frauen in farbenfrohen Kleidern keine entdecken.

Eine Hand auf seinem Rücken ließ ihn zusammenfahren. Ruhi schnappte nach Luft und Sean drehte sich um. Und dann schnappte er nach Luft.

Sie war eine Augenweide. Sie trug kein traditionelles weißes Brautkleid. Stattdessen war sie eine Explosion von Farben von tiefen Rottönen über königliche Blautöne bis hin zu üppigen Grüntönen. Ihre Haut war mit braunen Hennazeichnungen geschmückt, deren wirbelnde Muster den Blick auf sich lenkten. Sean vergaß die Gefahr, die hinter ihm lauern konnte, und konzentrierte sich auf den Schatz vor seinen Augen.

„Tut mir Leid", sagte sie. „Ich habe dich schon wieder erschreckt, obwohl ich versprochen habe, dass ich das nicht mehr tun werde."

Er konnte nicht antworten. Er brachte es nur fertig, sie anzustarren.

„Sean? Ist alles in Ordnung?"

Sean musste sich zusammenreißen. „Tut mir Leid. Es liegt nicht an dir, sondern an mir."

Ihr Gesicht wurde lang. Ihre Hand legte sich auf ihren Bauch und sie trat einen Schritt zurück. „O Gott, nein. Nein, nein, nein."

„Ruhi? Was ist los? Ist etwas mit dem Baby?"

„Das kannst du mir nicht antun. Es ist mein Hochzeitstag!"

„Was antun?"

„Mit mir Schluss machen."

„Das würde ich nie tun. Ich mache nicht Schluss mit dir."

Sie hielt inne. Ihre Hand löste sich von ihrem Bauch und ballte sich zu einer Faust. „Was hast du dann vor? Warum bist du hier?"

„Ich … Ich war einfach überfordert davon, draußen unter all diesen Leuten zu sein."

Sie trat zurück und schlang ihre Arme um sich. „Du willst also alles absagen?"

Sean hielt seine Hände hoch und trat auf sie zu. „Nein. Ich will es nicht absagen. Ich musste nur von all diesen Leuten weg. Ich wünschte, es wären einfach wir zwei."

Ihr Gesicht wurde weich und sie ließ die Arme von ihrer Mitte sinken. „Ich weiß. Es tut mir Leid." Sie ging an ihm vorbei und spähte hinaus. „Aber glaub mir, das ist noch wenig."

Sean schloss die Tür. Er lehnte seinen Kopf an den Türrahmen und ließ seinen Blick zu ihr hinabwandern. „Ich musste nur einen Moment allein sein."

„Hattest du einen Flashback?"

„Nicht direkt. Aber ich fange an, überall nach Gefahren zu suchen und ich konnte nicht damit aufhören, obwohl ich eigentlich weiß, dass das alles Verwandte und Freunde sind, die uns unterstützen wollen."

„Also bist du hierher zu mir gekommen?"

Er schluckte, aber er bekam den Kloß einfach nicht aus dem Hals. Also rückte er mit der Wahrheit heraus. „Du gibst mir Sicherheit. Immer, wenn ich zur Behandlung gekommen bin … " Er zuckte mit den Schultern. „Ich wusste einfach, dass ich dir vertrauen konnte. Wenn du meine Narbe berührst, zucke ich nie zurück."

„Außer, wenn ich mich an dich anschleiche." Sie wackelte mit den Augenbrauen.

Sean lächelte auf sie hinab. Er war zu müde, um seine Gefühle verbergen zu können. Als sie kurz die Luft einsog, wusste er, dass sie es bemerkt hatte. Sie hob langsam die Hand und umfasste seine Wange. Er hatte nicht gespürt, dass die Haut um seine Narbe herum bei seinem Lächeln gespannt hatte. Wenn ihre Hand auf ihm lag, spürte er überhaupt keine unangenehmen Reize mehr.

„Ich vertraue dir auch", sagte sie.

Er legte seine Hand auf die ihre. Die Berührung sandte eine Hitzewelle durch ihn hindurch. Aber dieses Mal spürte er keine Gefahr. Auf einmal sehnte er sich danach, dass diese Frau zu ihm gehörte. Wenn ein Stück Papier das erreichen konnte, dann würde er der ganzen Menschenmenge in der Hitze entgegentreten, damit das geschah.

„Unsere Eltern haben sich viel Mühe gemacht, um diese Hochzeit zu organisieren", sagte er. „Wir sollten das respektieren."

„Das stimmt. Aber wir können es trotzdem so gestalten, wie wir wollen."

„Was meinst du damit?"

Ruhi nahm ihre Hand von seinem Gesicht. Sie verschränkte ihre Finger mit den seinen. „Wir gehen zusammen zum Altar."

KAPITEL ZWÖLF

Ruhi kümmerten die erstaunten Ausrufe nicht, als sie und Sean Hand in Hand auf den Altar zuschritten. Einige Teile der Zeremonie würden traditionell verlaufen, aber andere würden so sein, wie es zu Sean und Ruhi passte. Bei diesem Teil, bei dem sie beide aus eigenen freien Stücken in diese Ehe eintraten, ging es nur um sie.

Seans Hand umschloss die ihre und schenkte ihr Wärme. Sie gab den Händedruck zurück, um ihm zu zeigen, dass sie unter den Blicken der Versammelten bei ihm war. Sie konnte nicht beschreiben, wie sehr es sie berührt hatte, dass er im Moment seiner Not zu ihr gekommen war.

Und erst recht hatte es sie erschreckt, wie sehr sie der Gedanke verletzt hatte, dass er sich von ihr trennen wollte. Sie hatte versucht, nicht in den Sog der Hochzeitsvorbereitungen zu geraten, aber das kleine Mädchen in ihr war trotzdem glückstrahlend herumgesprungen, als sie ihren Hochzeitssari angezogen hatte.

Sie hatte den Atem angehalten, als ihre Mutter den Stoff um sie herumgelegt hatte. Ihre Hände hatten gezittert, als ihre Schwester die Hennamuster aufgebracht hatte. Ihr Herz hatte schneller geschlagen, als sie Seans Stimme vor der Tür gehört hatte.

Er hatte von hinten unglaublich gut ausgesehen, wie er dort in der Tür gestanden hatte. Ruhi kümmerte die Tradition nicht. Sie hatte ihn sehen wollen. Aber sie hatte auch gewollt, dass er sie sah.

Sie zweifelte nicht daran, dass sie den richtigen Partner gewählt hatte. Sean würde ein wunderbarer Ehemann, Vater und Partner im Leben sein.

Schon jetzt besprach er so vieles mit ihr. Sie hatte ihm einige Details ihres Fünfjahresplans erzählt. Vor allem die Teile, in denen es um das Baby ging. Sie hatte keine Möglichkeiten erwähnt, wie er am Ende dieser Zeit aus dieser Ehe herauskommen könnte. Als sie ihm ihre Pläne erläutert hatte, hatte er nichts davon gesagt, dass er das wollte.

Stattdessen hatte er ihr Tipps in ein paar kleinen Detailfragen gegeben. Er hatte Vorschläge gemacht, wenn sie unsicher war, was sie tun wollte. Er hatte sie unterstützt, wenn sie bei einigen Aspekten der Hochzeit, auf die ihre Mütter beharrten, ihr Veto eingelegt hatte. Und er hatte dort mit ihr mitgefühlt, wo sich die Mütter gegen den Willen ihrer Kinder durchgesetzt hatten.

Ja, sie waren ein tolles Team.

Und nun schritten sie gemeinsam auf den Altar zu, um das offiziell zu machen.

Wie es aussah, würde ihre Mutter auch bei Trauzeremonie ihre traditionelle indische Hochzeit bekommen. Ruhis Eltern würden ihre Tochter zwar nicht traditionell übergeben, wie das normalerweise bei der *kanya-daan*-Zeremonie gemacht wurde, doch Sean und Ruhi würden eine Version des *mangal-phera*-Rituals durchführen. Bei diesem Ritual hielt sich das Paar bei den Händen und umkreiste ein Feuer. Danach schritten sie Hand in Hand mitten durch die versammelten Gäste hindurch auf die Sonne zu.

Sean und Ruhi blieben vor Dr. Patel stehen, der die Trauung durchführen würde. Ruhis Vater strahlte über das ganze Gesicht, als er auf seine jüngste Tochter und den Mann hinabblickte, der versprechen würde, sich für den Rest ihres Lebens um sie zu kümmern.

„Liebe Familie, liebe Freunde, liebe Hunde.“

Die Hunde kläfften auf, als Ruhis Vater sie erwähnte. Die Menschen lachten. In der Ferne zwitscherte ein Vogel sein Lied. Es schien, als wäre jeder Mensch und jedes Tier begeistert von der bevorstehenden Hochzeit.

„Wir haben uns heute hier versammelt“, fuhr ihr Vater fort, „um die Verbindung dieses großartigen Mannes, der bald in Wort und Tat mein Sohn sein wird, und meiner jüngsten Tochter zu feiern.“

Ruhi spürte, wie ihr die Tränen in den Augen brannten, als ihr Vater mit mehr Stolz und Freude auf sie herabblickte, als sie es je erlebt hatte. Sean, der immer noch ihre Hand hielt, drückte ihre Finger. Ruhi hielt sich während dem größten Teil der Zeremonie an Sean fest. Es gelang ihr nicht, dem Blick ihres Vaters zu begegnen. Nicht, weil sie sich darüber schämte, dass all dies nicht echt war, sondern vielmehr, weil es sich ganz und gar nicht so anfühlte, als sei es nicht echt.

Sie spürte eine Verbindung zu Sean wachsen. Ja, es gab keinen Funken von Verliebtheit. Aber das vermisste sie gar nicht wirklich.

Schließlich hatte sie jemanden gefunden, der sie unterstützte, der zu ihr kam und auf den sie sich verlassen konnte. Das war genug. Es war mehr als genug. Es war beinahe … alles.

„Sean, würdest du mir bitte nachsprechen?"

Sean wandte sich Ruhi zu und wiederholte das Trauversprechen, das ihr Vater für sie geschrieben hatte. „Ruhi, du bist der Grund, warum ich morgens dem Tag entgegentreten kann. Du bist der Grund, warum ich die Nacht bezwinge. Du bist der Grund, warum meine Schwächen zu Stärken werden. Du bist der Traum, den ich leben möchte. Ich verbinde mein Leben mit dem deinen. Deine Träume sollen meine Träume sein. Wohin mich das Leben auch führt – ich weiß, dass dein Licht mich immer aus der Dunkelheit heraus zu dir zurückführen wird, wo ich hingehöre."

Durch seine Hände hindurch spürte Ruhi, wie Seans Puls raste. Oder vielleicht war es auch ihr eigener. Ihr Vater hatte ein Talent für Eheversprechen. Aber diese Worte trafen sie tief in ihrem Inneren, durchbohrten ihr Herz und brachten jedes Gefühl an die Oberfläche, das sie je gehabt hatte. Sie musste mehrmals tief durchatmen, bevor sie selbst sprechen konnte.

„Sean, ich könnte dir versprechen, in Gesundheit und Krankheit bei dir zu bleiben. Ich könnte dir versprechen, dass ich bei dir bleibe, bis dass der Tod uns scheidet. Aber das tue ich nicht. Du bist krank gewesen und ich habe dir geholfen, wieder gesund zu werden. Du hast dem Tod ins Auge geblickt und ich habe dich nicht gehen lassen. In unserem gemeinsamen Leben will ich deine Heilung und dein Licht sein. Was das Leben auch bringen mag, ich weiß, dass ich auf deine Treue, deinen Schutz und deine Hilfe zählen kann. Und du auf meine."

Ruhi sah, dass sich Tränen in Seans Blick spiegelten. Eine davon entschlüpfte ihm und rollte seine Wange hinunter. Sie streckte die Hand aus, um sie abzuwischen. Dann verweilte sie dort und legte sich auf seine Wange.

Nachdem sie einander ihr Trauversprechen gegeben hatten, kam noch das *saptapadi*, das Versprechen, einander im Leben zu unterstützen. Dazu mussten sie einige Schritte voneinander zurücktreten. Nachdem sie wieder auf einander zugetreten waren, strich Sean ein rotes Puder auf Ruhis Stirn und legte eine schwarze perlenbesetzte Kette um ihren Hals. Das symbolisierte, dass sie nun eine verheiratete Frau war.

Doch damit waren sie noch nicht fertig. Es gab ein weiteres Ritual, das sie gemeinsam vollziehen mussten. Ein Besen wurde vor sie hingelegt. Das war die afroamerikanische Hochzeitstradition, bei der man gemeinsam über den Besen sprang, was bedeutete, dass Mann und Frau nun eine Einheit waren.

Ruhi griff nach Seans Hand. Sie nickten einander zu, dann sprangen sie gemeinsam über den Besenstiel. Auf der anderen Seite angekommen mussten beide lachen. Es war das lauteste und fröhlichste Lachen, das sie je von Sean gehört hatte.

Ihr gefiel diese Seite an ihm. Sie wollte mehr davon sehen. Und das würde sie in dem Leben, das sie beide teilen würden.

„Du darfst die Braut jetzt küssen", sagte ihr Vater.

Es war irgendwie seltsam, dass ihr Vater ihr sagte, sie solle einen Mann küssen. Nach all der Zurschaustellung, den Gefühlen und den Tränen errötete Ruhi in diesem Moment zum ersten Mal. Sie hatte vergessen, mit ihrer Mutter über diesen Teil der Zeremonie zu verhandeln.

Ruhi wandte sich Sean zu. In seinen haselnussbraunen Augen war etwas Leuchtendes zu sehen. Wie winzige, kleine Funken.

Fasziniert davon stand sie da, während Sean sein Hand an ihr Gesicht legte. Ruhi spürte, wie ihr Kinn dort brannte, wo seine Hand es berührte. Er beugte sich ganz langsam zu ihr herab, als wolle er ihr die Gelegenheit geben, jederzeit zurückzuweichen.

Doch das tat sie nicht. Sie hielt vollkommen still. Die hellen kleinen Lichter in seinen Augen brannten heller und heller, je näher er ihr kam. Im letzten Moment wurde Ruhi ungeduldig. Sie lehnte sich ihm entgegen und umfasste Seans Unterlippe mit den ihren.

In diesem Augenblick wusste sie, dass sie ein Problem hatte.

Ihr Herzschlag beschleunigte sich. Ihr Magen machte einen Salto. Ihre Handflächen sehnten sich danach, noch mehr von ihm zu umfassen.

Sean war weich und fest zugleich. Er war süß und würzig. Und er war so voller Wärme. Einer Wärme, die ihren Körper bis zu ihren Zehen durchströmte.

Fünf Jahre würden definitiv nicht ausreichen, um genug von diesem tröstlichen und wohligen Gefühl zu bekommen. Sie hätte für den Rest ihres Lebens in seinen Armen liegen können. Doch da wich er zurück.

Sean war ihr noch nahe genug, dass sie ihre Hand heben und seinen Mund erneut an den ihren ziehen konnte. Ihr Herz sehnte sich danach, genau das zu tun. Aber ihr Kopf wusste, dass sie das besser nicht tun sollte.

Dies war eine Ehe aus praktischen Gründen und

keine Liebesheirat. Sean war ein guter Mann, der eine gute Tat für sie tat. Und er würde auch etwas davon haben.

Nun war es vollbracht. Die Tinte auf dem Trauschein war getrocknet. Alle Rituale waren vollzogen worden, die sie beide für den Rest ihres Lebens miteinander verbanden. Es gab kein Zurück mehr.

KAPITEL DREIZEHN

Sean ballte seine Hände immer wieder zu Fäusten. Fest krümmte er die Finger und grub die Nägel in seine Handflächen. Er nahm den Schmerz kaum wahr. Zu viel Freude strömte durch seinen Körper. Wenn er sich nicht unter Kontrolle bekam, würde er sich gleich erneut zu Ruhi hinunterbeugen und den Kuss wiederholen.

Es war ein in jeglicher Hinsicht unschuldiger Kuss gewesen. Sein vierzehnjähriges Ich hatte Cindy Bartlett länger und intensiver geküsst als gerade seine Braut. Seine Zungenkusstechnik hatte er mit sechzehn mit Lucy Tucker perfektioniert. Doch auch das war nichts im Vergleich zu dem, was er gerade erlebt hatte. Nur die leiseste Berührung von Ruhis Lippen auf den seinen, nur wenige Sekunden lang, und er hatte das Gefühl, seine Welt würde sich verschieben.

Dank dieser Verschiebung seiner inneren Achse konnte Sean auf einmal das Strahlen der Sonne ertragen. Das Klatschen der versammelten Leute, das ihn sonst dazu gebracht hätte, zusammenzuzucken und sich in den Schatten zurückzuziehen, störte ihn nun mit Ruhi an seiner Seite nicht mehr ganz so sehr. Er wäre nie von ihrer Seite gewichen, wenn irgendwo eine Gefahr drohen könnte. Doch all das hier waren Familienmitglieder und Freunde und sie jubelten ihnen gemeinsam zu.

Da er sie nicht noch einmal küssen konnte, gab er sich damit zufrieden, an seinen eigenen Lippen zu nagen und nach einem Anzeichen oder einer Spur der kurzen Süße zu suchen, die sie ihm geschenkt hatte. Er wusste, dass dies das einzige Mal sein würde, dass sie sich küssen würden. Dies sollte eine Zweckehe sein, keine Liebesheirat. Seine Seite war die einzige, auf der es Leidenschaft gab.

Doch das genügte. Alles, was er brauchte, war Ruhi an seiner Seite. Dann würde er wissen, dass sie in Sicherheit und versorgt sein würde. Sie und ihr Kind.

Die Musik begann zu spielen und der behelfsmäßige Tanzboden leerte sich. Ruhi wandte sich Sean zu. Ihr Blick entschuldigte sich dafür, dass er weiterhin im Rampenlicht stehen musste.

Sean störte es nicht. Wenn das bedeutete, dass er sie wieder in seinen Armen halten durfte, störte es ihn ganz und gar nicht. Er würde durch ein Minenfeld gehen, wenn er nur in ihrem Schatten stehen konnte.

Sean nahm Ruhis Hände in die seinen. Er zog sie leicht an sich und sie kam zu ihm. Während sie begannen, sich im Takt der Musik zu wiegen, legte sie ihren Kopf an seine rechte Wange, direkt über seiner Narbe.

Hatte sie das absichtlich getan? Sie wusste, dass er es nicht mochte, wenn Leute seine Verwundung anstarrten. Nun würden sie stattdessen Ruhi anstarren statt seiner Narbe.

„Danke", sagte sie, gerade laut genug, dass er sie über die Musik und das Raunen ihrer Gäste hinweg hören konnte.

„Wofür?"

„Ich weiß nicht, ob dir das klar ist, aber du hast dir gerade ziemlich viel aufgehalst. Du siehst ja, wie gern meine Mutter feiert. Du wirst bei vielen weiteren dieser Familienfeste auftauchen müssen."

„Das macht mir nichts aus", sagte er. Und das tat es tatsächlich nicht. „Ich mag deine Eltern."

„Und du bist bereit, sofort Vater zu werden."

Das stimmte.

Sean war immer gut mit Kindern zurechtgekommen. Bis zu der Explosion. Nun scheute er vor ihnen zurück.

Aber ein Baby? Ein Säugling war unschuldig. Einen Säugling konnte er prägen und erziehen.

Er würde diesem Kind die richtigen Dinge beibringen. Genau so, wie sein Vater sie ihm beigebracht hatte. Und so, wie Ruhis Vater sie ihr beigebracht hatte. Spürte er da einen Hauch der Hoffnung?

„Ich will ehrlich sein", sagte er. „Ich bin schon etwas nervös wegen …"

Er blickte hinab auf ihren von Seide verhüllten Bauch. Ihr Blick hob sich zu dem seinen. Ruhis Lippen waren geschürzt. Hielt sie ihrem Atem an?

„Aber wir sind ein gutes Team", sagte er. „Findest du nicht auch?"

Ihre Lippen entspannten sich und sie lächelte. „Das stimmt. Das sind wir. Aber du bist derjenige, der mich ertragen muss."

„Ich mag dich."

Hatte er das zu schnell gesagt? War sein Ton zu entschieden gewesen? Hatte er sie etwas fester an sich gezogen? Hatte sie die Wahrheit in seiner Aussage gehört?

Er hatte zwar das Wort „mögen" benutzt, aber er meinte eigentlich „lieben". Sean liebte Ruhi. Er liebte sie, seit sie zum ersten Mal ihre heilenden Hände auf seine Wange gelegt hatte. Er wusste, dass sie nicht die gleichen Gefühle hegte, aber das musste sie auch nicht.

Er würde sie beschützen. Er würde auf sie achten. Er würde jede Gefahr beseitigen, bevor sie sie erreichen konnte. Ob es ihr gefiel oder nicht.

„Ich mag dich auch", sagte sie.

In ihren Augen zeigte sich ein Funke. Für Sean sah er nach Hoffnung aus. Zum ersten Mal nach sehr langer Zeit fühlte sich Sean wieder wie ein Held. In ihrem Blick war er das. Er würde nicht nur Drachen für diese Frau töten und für sie in brennende Häuser laufen; er war auch bereit, schmutzige Windeln zu wechseln.

Das war wahre Hingabe.

„Das mit uns wird gut werden, oder?", fragte sie. „War das die beste Entscheidung, die wir treffen konnten?"

„Ja, das glaube ich."

„Vermutlich werde ich keine besonders gute

Ehefrau sein, aber ich weiß, dass ich eine gute Partnerin bin."

Das glaubte er nicht. Sie war in allem gut, was sie tat, weil sie immer mit ganzem Herzen dabei war. Doch es gelang Sean nicht mehr, ihr das zu sagen, weil sie in diesem Moment unterbrochen wurden.

„Oh, da kommt mein Vater."

Offensichtlich kamen die Unterbrechungen gleich von zwei Seiten auf sie zu. „Und da kommt meine Mutter", sagte Ruhi.

„Es tut mir Leid", sagten beide gleichzeitig.

„Ich löse dich mal ab, mein Sohn." Luther Jeffries streckte Seans neuer Frau seine raue, abgearbeitete Hand entgegen. „Ich möchte mit meiner wunderschönen neuen Tochter tanzen."

„Und ich möchte mit meinem neuen Sohn tanzen", sagte Mrs. Patel und trat an den Platz, den Ruhi freigemacht hatte. „O Luther, sie werden uns so wunderschöne Enkel schenken!"

„Ich kann es nicht erwarten, sie auf meinen Knien reiten zu lassen."

Beide Elternteile sprachen über Sean und Ruhi. Ruhis Lächeln zitterte. Seans spannte sich an.

„Aber wir werden noch etwas warten müssen", sagte Mrs. Patel. „Meine Tochter hat einen Fünfjahresplan, nicht wahr, Ruhi? Keine Babys, bis du alles auf deiner Karriereliste abgehakt hast. Wir müssen Geduld haben."

Sean sah, wie sich Ruhi in den Armen seines Vaters versteifte. Sein Vater bemerkte es nicht. Sein Strahlen und sein Stolz waren so greifbar, dass Sean bezweifelte, dass gerade irgendetwas seine Stimmung dämpfen konnte. Sean wusste, dass sich seine Eltern Sorgen um ihn gemacht hatten. Sie waren überglücklich gewesen, als sie erfahren hatten, dass er heiraten würde, und dazu noch Ruhi. Sie hatten die Krankenschwester im vergangenen Jahr kennengelernt und gleich Gefallen an ihr gefunden.

„Sie tanzen wunderbar, Mrs. Patel", sagte Sean und wirbelte die ältere Dame in seinen Armen herum. Seinen Vater konnte man ablenken. Aber er bezweifelte, dass die Frau des Psychotherapeuten so leicht zu täuschen war. Und so wandte er sie von ihrer Tochter ab.

„O mein Lieber, du musst mich Mama nennen. Das tun alle meine Kinder."

„Ja, Mrs. – Mama."

„Weißt du, ich glaube wirklich nicht, dass meine Tochter einen besseren Mann hätte finden können. Mein Mann hat großen Respekt vor dir, und alle Männer hier auch. Ich weiß, dass du ein Mann des Glaubens bist, auch wenn du viel davon für dich behältst. Aber ich würde mich so sehr freuen, wenn du mit uns zur Kirche kommen würdest. Zeig den Leuten, was für ein schöner Mensch du bist, innerlich wie äußerlich."

„Danke, Mrs. – Mama. Ich verspreche dir, dass ich deine Tochter sehr glücklich machen werde."

„Das Geheimnis einer guten Ehe ist Ehrlichkeit. Wenn ihr ehrlich zueinander seid, wird eure Beziehung ein Leben lang Bestand haben."

„Ja, Mrs. Patel." Sean wirbelte die Frau wieder herum, während er antwortete.

Mrs. Patel hatte die Stirn gerunzelt, als sie ihm wieder gegenüberstand. O nein. Ahnte sie etwas? Wusste sie, dass sie sich schon in eine Lüge verstrickt hatten? „Wie heißt das?"

Oh. „Ja, Mama."

KAPITEL VIERZEHN

Das Fest dauerte bis weit in die Nacht hinein. Mit der Gospel- und Soulmusik von Seans Seite der Familie und den Bollywood-Songs von Ruhis Seite schien es, als würde all das Feiern, Jubeln und Tanzen nicht vor der Morgen-dämmerung enden. Doch Ruhi war schon vor Mitternacht erschöpft.

Bevor sie es merkte, lag Seans Hand auf ihrem Rücken und er führte sie von den Feierlichkeiten weg. Er verabschiedete sich von allen, während sie durch die Menge hindurchschritten. Ruhi musste nichts weiter tun, als ihren Kopf an seine Schulter zu lehnen. Und das tat sie.

Schließlich war sie seine Frau. Das war eindeutig ein Vorteil. Sie musste nicht mehr allein auf ihren

Füßen stehen. Alle würden erwarten, dass sie sich ein wenig auf ihn stützte, wenn sie müde war. Und jetzt war sie müde.

Nach der Trauung, dem Kuchen, dem Curry-huhn, dem gebratenen Huhn, dem gegrillten Huhn und dem Reis- und Kartoffelsalat hätte sie die Straße beinahe entlangrollen können. Und dann war da auch noch das wachsende Wesen in ihr, das jede zweite Sekunde ihre Energie anzapfte.

Zum Glück war das alles, was das Baby im Moment tat. Ruhi hatte essen und das Essen auch bei sich behalten können. Doch ständig kleine Lügen erfinden und sich an eine Geschichte halten zu müssen, erschöpfte sie. Ständig wollten alle wissen, wie sie und Sean sich ineinander verliebt hatten.

Sie hatten sich gemeinsam eine simple Geschichte ausgedacht, die so nahe an der Wahrheit blieb wie möglich. Nachdem ihre letzte Beziehung in die Brüche gegangen war, sei Sean dagewesen, um sie zu trösten. Sie hatten gemerkt, dass sie Gefühle füreinander hatten, die im Laufe des Jahres gewachsen waren, in dem sie sich nun kannten. Sie hatten gewusst, dass es das Richtige war, also hatten sie nicht mehr warten wollen.

Jeder, dem sie die Geschichte erzählten, glaubte

ihnen aufs Wort. Nur die Soldaten nahmen an, dass die schnelle Hochzeit auch etwas mit der Bauverordnung zu tun hatte. Ruhis Seite der Familie hatte ohnehin kein Problem mit schnellen Hochzeiten. Ruhi und Sean hatten gedacht, bei seinen Eltern wäre mehr Überzeugungsarbeit nötig. Aber sie hatten Ruhi schon vorher kennengelernt und waren begeistert über ihre Verbindung.

Die Geschichte zu erzählen, war nicht wirklich schwer. Was Ruhi viel mehr störte, war, dass sie über ihre Liebe zu Sean flunkern musste. Sie mochte Sean, und das jeden Tag mehr. Aber Liebe?

Sie wollte allen sagen, dass dieses Gefühl bei ihr nicht vorgesehen war. Michael hatte Recht gehabt. Sie hatte nie einen Funken für ihn verspürt. Sie hatte nie bei irgendjemandem einen Funken verspürt. Und nun musste sie so tun, als würde sie ihn bei Sean spüren.

Sean verdiente einen Funken. Er verdiente eine Romanze. Er verdiente eine Frau, die ihn verliebt anblickte. Und all das würde er mit Ruhi nie bekommen.

Ein noch schlimmerer Gedanke schoss durch ihren Kopf. Was, wenn er während ihrer Ehe eines Tages jemanden traf, der diesen Funken in ihm entfachte? Was, wenn es dann Ruhi war, die ihm im Weg stand?

Aber sie war zu müde, um jetzt darüber nachzudenken. Seans Hand auf ihrem Rücken war viel zu tröstlich. Sie wollte sich nur noch in seine Arme kuscheln und sich ausruhen. Ehe sie es sich versah, standen sie schon vor seinem Haus.

Sean schloss die Tür zu seinem Häuschen auf. Sie war heute kurz darin gewesen, aber nur gerade lange genug, um ihre notwendigsten Sachen abzuladen. Der Rest ihrer Sachen war immer noch in ihrer Wohnung. Dieses Haus war immer noch fremd für sie.

Sie war schon in Dylans Haus gewesen, weil er und Maggie sie kurz nach ihrer Hochzeit einmal zum Abendessen eingeladen hatten. Sie war auch schon bei Fran und Eva gewesen, als Rosalee eine schlimme Erkältung gehabt hatte. Sie hatte keinen Grund, in die Häuser der anderen Männer zu gehen. Sean, Reed und Xavier hatten allein in je einem der Zweizimmer-Reihenhäuser gelebt. Nun war eines dieser Reihenhäuser ihr Zuhause.

„Ich habe in der Essecke ein Büro für dich eingerichtet", sagte Sean und schaltete das Licht ein.

In dem kleinen Raum zeigte die Beleuchtung einen kleinen Schreibtisch mit einem Computer und einem Aktenschrank, wo früher der Esstisch gewesen sein musste. Es war gemütlich und anheimelnd und so aufmerksam von ihm.

„Sean … danke."

„Es gibt nur zwei Zimmer, aber ich schätze, das sollte für den Moment und für das erste Jahr des Babys reichen. Wir können später überlegen, ob wir anbauen oder etwas Neues bauen wollen."

Später. Wenn sie Mutter war. All ihre Pläne waren aus dem Gleichgewicht geraten. Sie musste noch einiges an ihrem Fünfjahresplan ändern. Sie würde auch mit Sean über ihre Pläne reden müssen. Aber nicht mehr heute Abend. Sie wollte nur noch schlafen.

„Du bist müde", sagte Sean. Er steuerte sie den Flur hinunter. „Es war ein langer Tag. Wir können ein anderes Mal darüber reden, wenn du wieder klar denken kannst. Wir werden das tun, was du am besten findest."

„Ich?"

„Natürlich. Ich weiß, dass wir abgemacht haben, dass wir gleichberechtigte Partner sind, aber das betrifft dich nun einmal am meisten. Ich richte mich nach dir. Ich stehe hinter dir, was du auch tust."

Seine Hand lag immer noch auf ihrem Rücken. Es war das Einzige, das sie noch aufrecht hielt. Als sie vor der Tür des zweiten Schlafzimmer standen, drehte sich Ruhi um und schlang ihre Arme um Sean. Langsam und zögernd legten sich seine Arme um sie.

Erst zu spät fragte sich Ruhi, ob sie damit zu weit gegangen war. Ging sie zu zärtlich mit ihm um? Zu vertraut?

„Ach ja, noch etwas", sagte er, während seine Wange auf ihrem Kopf ruhte. „Ich finde, unsere Aufgaben sind ein wenig ungleich verteilt, wenn du die nächsten Monate rund um die Uhr schwanger sein wirst. Also werde ich den Großteil des Haushalts übernehmen. Ich bestehe darauf."

Ruhi wusste nicht, was sie sagen sollte. Sean war praktisch der Mann ihrer Träume, der ihr alles gab, was sie je in einer Beziehung gewollt hatte. Allerdings hatten sie ja gar keine Beziehung.

„Danke", sagte sie zu seiner Brust. Sie war versucht, hier und jetzt einzuschlafen, während ihre Wange auf dem Kissen seiner rechten Brust ruhte. „Ich würde all das ohne dich nicht schaffen."

„Ich habe dir doch gesagt, dass ich das letzte Jahr nicht ohne dich überstanden hätte. Ich stehe in deiner Schuld."

Danach ließ er sie los. Sie wollte protestierend winseln, als sich seine Wärme von ihr zurückzog.

Kaum war seine Hand von ihrem Rücken verschwunden, fühlte sie sich schwach. Aber sie wagte es nicht, das zu zeigen.

Allein mit diesen wenigen Gesten hatte Sean bewiesen, dass er der beste Freund war, den sie je gehabt hatte. Allerdings war er gar nicht ihr Freund. Aber er war etwas Besseres.

Er war ihr Partner.

Sie wünschte nur, es wäre für ihn auch akzeptabel, neben ihr im Bett zu liegen und seine Hand auf ihrem Rücken liegen zu lassen, bis sie eingeschlafen war. Doch das gehörte nicht zur Abmachung. Also schloss Ruhi die Tür des Gästezimmers hinter sich und fand sich so wieder wie immer – allein.

KAPITEL FÜNFZEHN

„Sean, du musst das nicht tun."

Sean blickte auf seine frisch angetraute Frau hinunter. Ihre Lippen waren auf der einen Seite geschürzt. Das war ihre Grübelmiene. Er hatte den Ausdruck bezaubernd gefunden, als er ihn zum ersten Mal während einer Behandlung bei ihr gesehen hatte. Er hatte bald herausgefunden, dass sie dieses Gesicht machte, wenn sie sich wegen etwas nicht ganz sicher war und zuerst etwas nachschauen oder nachlesen wollte.

„Aber das gehört jetzt zu meinen Aufgaben", sagte er.

Ruhi bog in den Parkplatz vor der Arztpraxis ein und brachte das Auto zum Stehen. Sean hatte ihr überraschter Gesichtsausdruck gefallen, als er die

Fahrertür für sie geöffnet und sich dann auf den Beifahrersitz gesetzt hatte. Er wusste, dass Ruhi ihre Unabhängigkeit mochte, und Sean hatte kein Bedürfnis, ihr irgendetwas davon wegzunehmen.

Er glaubte nicht, dass er etwas von seiner Männlichkeit verlor, indem er sie fahren ließ, für sie kochte oder Kehrschaufel und Besen in die Hand nahm. Echte Männer taten, was getan werden musste. Das hatte ihm sein Vater beigebracht.

Und bei seiner Mutter hatte man nicht gerade sagen können, dass bellende Hunde nicht beißen. Sie konnte durchaus zubeißen. Allerdings hatte er ihren Biss nicht häufig zu spüren bekommen, weil Sean sich nur selten danebenbenommen hatte.

Er mochte starke Frauen. In seiner unmittelbaren und auch in seiner erweiterten Familie gab es viele davon. Er war auch während seiner Jahre bei der Armee von starken Frauen umgeben gewesen. Ein Mensch fühlte sich nur von starken Frauen bedroht, wenn er selbst schwach war. Und das galt für schwache Männer und schwache Frauen gleichermaßen.

Sean zweifelte seine Stärke nicht an. Er und Ruhi hatten das vergangene Wochenende relativ ruhig verbracht. Die Männer hatten Ruhis restliche Sachen aus ihrer Wohnung auf die Ranch geholt. Sie hatte alles ausgepackt und Sean hatte ihr geholfen. Er hatte sich darüber gefreut, ihre Sachen in dem Haus zu verteilen, das nun ihr gemeinsames war.

Keiner hatte einen Kommentar dazu abgegeben, dass jeder von ihnen sein eigenes Zimmer hatte. Allerdings war Sean überzeugt, dass seine Eltern sicher Fragen stellen würden, wenn sie zu Besuch kamen. Aber bis dahin würde noch etwas Zeit vergehen.

Es störte ihn zwar nicht, dass Ruhi fuhr, aber als sie vor der Arztpraxis angekommen waren, sprang er aus dem Auto, um ihr aus dem Fahrersitz zu helfen. Er war zwar ein moderner Mann, aber er war trotzdem auch ein Gentleman.

„Ich will nicht, dass du dich zu all dem verpflichtet fühlst", sagte sie.

„Würdest du mitkommen, wenn ich einen Arzttermin außerhalb der Ranch hätte?"

„Das ist etwas anderes. Ich bin deine Krankenschwester."

„Und ich bin dein Mann."

Diese Antwort ließ sie verstummen. Er hatte es bisher noch nie laut gesagt. Dies war das erste Mal, und ihm gefiel, wie es klang.

Sean legte seine Hand auf Ruhis Rücken und wollte sie über die Straße führen. Er blickte nach links und rechts und suchte alles nach Gefahren ab, während er auf ihren nächsten Protest wartete. Doch aus keiner Richtung kam ein Auto. Und von ihren Lippen kam auch kein Widerspruch.

Stattdessen lehnte sie sich an ihn und ließ sich von ihm in das Gebäude führen. So sehr er diese starke Frau neben sich mochte, die auf eigenen Füßen stehen konnte, so sehr liebte er es, wenn sie Zuflucht in seinen Armen suchte. Er schrieb ihren fehlenden Kampfeswillen der Schwangerschaft zu. Das würde er in den nächsten acht Monaten auf jeden Fall ausnutzen.

Sean ließ seinen Arm um sie liegen, während sie im Wartezimmer saßen. Er ging mit ihr gemeinsam in das Untersuchungszimmer und drehte sich um, als sie sich auszog und den Krankenhauskittel überstreifte. Kurz darauf trat der Arzt ins Zimmer.

Sean war überrascht gewesen, als er erfahren hatte, dass der Gynäkologe, für den sich Ruhi entschieden hatte, ein Mann war. Er hätte erwartet, dass eine moderne Frau wie sie wollte, dass ihr erstes Kind von einer anderen starken Frau auf die Welt gebracht wurde. Doch Ruhi hatte mit den Schultern gezuckt und gesagt, sie sei nicht sexistisch.

Es war ihr erster Besuch bei dem Gynäkologen,

so dass der Arzt noch nichts Genaueres über sie wusste, auch nicht über ihre Beziehung.

„Wir haben gerade geheiratet", sagte Ruhi. „Erst letztes Wochenende."

„Meinen Berechnungen zufolge sind Sie in der sechsten Woche schwanger", sagte der Arzt. Sein Blick wanderte von Ruhi zu Sean.

„Das müsste stimmen," sagte Sean. Er sah, wie sich die Schultern des Arztes entspannten und fragte sich, wie oft diese Berechnung schon dafür gesorgt hatte, dass sich ein Paar trennte.

„Wollen Sie den Herzschlag des Babys hören?", fragte der Arzt.

Ruhi zögerte. Sie blickte zu Sean auf. Sean nahm ihre Hand in die seine und zog fragend die Augenbrauen hoch. Es war ihre Entscheidung. Ruhi wandte sich dem Arzt zu und nickte.

Der Arzt hob das Krankenhaushemd und Ruhis Bauch wurde sichtbar. Sean verspürte den Drang, seinen Blick abzuwenden. Doch er war ihr Mann und allem Anschein nach derjenige, der für das Baby dort drin verantwortlich war. Also schaute er zu.

Der Arzt verteilte ein durchsichtiges Gelee auf Ruhis flachem Bauch. Dann griff er nach etwas, das wie ein Rückenmassagegerät aussah. Er legte den kugelförmigen Kopf auf Ruhis Bauch und bewegte ihn hin und her. Sowohl Ruhi als auch der Arzt blickten auf einen Schwarzweißbildschirm. Sean wandte den Blick nicht vom Bauch seiner Frau ab. Bis er es hörte.

Das Geräusch hämmerte in seinen Ohren wie ein Soldatenmarsch. Es knisterte wie bei einer Störung im Funkkopfhörer. Er erwartete, als nächstes das Schreien eingesperrter Zivilisten zu hören, gefolgt vom verzweifelten Keuchen derer, die er nicht retten konnte und die versuchten, seine Aufmerksamkeit abzulenken.

Sean spürte, wie seine Handflächen schweißnass wurden. Sein Kiefer presste sich fester zusammen, als der Flashback an ihm zu zerren begann. Doch statt der Panik, die sonst seinen Abzugsfinger zum Zittern brachte, zupfte etwas an seiner Hand.

„Sean?" Ruhis Finger schlossen sich um seine Hand und holten ihn in die Wirklichkeit zurück. „Hörst du es?"

Langsam wurde das Hämmern leiser. Das Knistern verstummte. Die rhythmischen Schläge wurden gleichmäßiger, bis sie zu einem einzigen Geräusch wurden. Einem zarten Pochen.

Das war nicht der Klang des Todes. Es war der Klang des Lebens. Eines neuen Lebens, das heranwuchs.

Es war so klein. So kostbar. So zart.

Zum ersten Mal nach sehr langer Zeit wollte Sean auf das Klopfen zulaufen. Er wollte es beschützen und an sich drücken und retten.

Dieser Herzschlag, dieses Leben, war das Werk eines anderen Mannes. Doch Sean war bereit, die Aufgabe zu übernehmen. Er würde diesem Kind beim Aufwachsen helfen. Er würde helfen, es zu prägen. Er würde sein Held sein.

KAPITEL SECHZEHN

Die ausbleibende Periode, die Morgenübelkeit, der positive Schwangerschaftstest – all das hatte Ruhi nicht wirklich bewusst gemacht, dass sie schwanger war. Doch als sie den Herzschlag ihres Babys hörte, wurde alles real. Dieser winzige kleine Klang war es, der ihr sagte, dass sie nun eine Mutter war.

Sie würde nicht erst eine Mutter werden. Es war schon passiert. Ein lebendiges, atmendes, mit einem schlagenden Herzen ausgestattetes Wesen wuchs in ihr heran. Und es brauchte sie.

Das wurde ihr in dem Moment bewusst, in dem sie den Herzschlag ihres Kindes hörte und der Monitor ihr den Beweis tief in ihrem Bauch zeigte.

Und in diesem Moment lösten sich all ihre sorgfältig ausgearbeiteten Pläne in Luft auf.

Das war eine Lebensaufgabe. In einem Jahr würde sie ein Baby in den Armen halten. In fünf Jahren würde sie das immer noch tun. Bei jeder Arbeit, jeder Aufgabe und jedem Abenteuer würde ihr Kind dabei sein.

Und Sean.

Ruhi hatte ihr ganzes Leben lang so sehr dafür gekämpft, allen zu beweisen, wie unabhängig sie war. Doch auf einmal konnte sie sich den Rest ihres Lebens nicht mehr ohne diese zwei Menschen vorstellen. Einem davon war sie noch gar nicht begegnet. Den anderen kannte sie erst seit kurzer Zeit, doch er war schon so wichtig für ihr Wohlbefinden geworden.

Sie reichte Sean ihre Autoschlüssel, als sie die Arztpraxis verließen. Er ging um das Auto herum und hielt ihr die Beifahrertür auf. Sie hatte es nie gemocht, wenn ein Mann einer Frau die Tür aufhielt, als brauche sie ihn, um hindurchgehen zu können. Doch wenn Sean die Tür für sie aufhielt oder ihren Stuhl für sie zurechtrückte oder ihr seine Hand hinstreckte, fühlte es sich für sie so an, als würde er ihr den Weg für etwas freimachen, das sie noch nie zuvor erlebt hatte. Und das Beste war das Wissen, dass sie es nicht allein erleben würde.

Ruhi trat auf die Beifahrerseite ihres Autos und rutschte auf den Sitz. Sie schnallte sich an, während ihr Partner fürs Leben auf der Fahrerseite einstieg.

„Hast du Hunger? Oder bist du müde?", fragte Sean.

Ruhi zuckte mit den Achseln. Ihr war es recht, wenn er den Ablauf des restlichen Tages in die Hand nahm. Sie zweifelte nicht daran, dass er für genau das sorgen würde, was sie brauchte. Und so schloss sie die Augen.

Als sie sie wieder aufschlug, waren sie wieder auf der Ranch. Sie saß immer noch in ihrem Auto, aber der Duft von würzigem Essen stieg ihr in die Nase. Auf dem Rücksitz stand eine Tüte mit mehreren Take-Away-Schachteln.

Ruhi lächelte. Das war genau, was sie brauchte. Ruhe und etwas zu essen.

Sie wartete, bis Sean um das Auto herumgegangen war und ihr beim Aussteigen half. In einer Hand hielt er das Essen, also griff sie nach seiner anderen. Nachdem sie ausgestiegen war, legte er ihr seine freie Hand auf den Rücken. In ihrem Haus angekommen, führte Sean sie zur Couch und stellte ein Tablett vor sie hin. Dann zog er die Schachteln aus der Tüte und stellte sie vor sie auf das Tablett.

„Du verwöhnst mich", sagte sie.

Er lächelte nur. „Du hast dich so lange um mich gekümmert. Es wird Zeit, dass sich auch einmal jemand um dich kümmert. Nur für heute. Du kannst mich dann morgen wieder herumkommandieren."

„Bin ich so schlimm?"

Sean hielt inne und blickte auf sie hinab. „Du bist selbstbewusst. Du weißt, was du willst. Und du bist klug. Ich kann fast immer davon ausgehen, dass du alles durchdacht hast. Also folge ich gern deiner Führung. Das ist für einen Soldaten wichtig. Man muss den anderen in seiner Einheit vertrauen können. Und du bist nun in meiner Einheit."

„Ich vertraue dir auch."

Seine Lippen öffneten sich, aber er sagte nichts. Ruhis Herzschlag dröhnte in ihren Ohren. Ihre Wangen wurden von Wärme überflutet. Dieser Moment wäre nur zu passend für einen Kuss gewesen.

Wenn sie eine solche Beziehung gehabt hätte. Was sie nicht taten. Was sie nicht konnten.

Das Letzte, das Ruhi gebrauchen konnte, war noch ein Mann, der ihr sagte, dass er bei ihr keinen

Funken spürte. Sean war nicht in sie verliebt. Sie kannten einander schon seit einem Jahr. Wenn es zwischen ihnen Liebe geben konnte, hätte sie sich schon vor Monaten gezeigt.

Was es zwischen ihnen gab, war jedoch eine warme und angenehme Freundschaft. Sie konnte sich auf ihn stützen. Und was noch besser war: Er hatte bewiesen, dass er nicht unter der Last zusammenbrechen oder sie verlassen würde, wenn das Gewicht zu schwer werden würde.

Sie hatte Männer geküsst, bei denen sie keinen Funken gespürt hatte, in der Hoffnung, dadurch könnte etwas entfacht werden. Und als sie Sean geküsst hatte, hatte sie ebenfalls keinen Funken gespürt. Nur das Gefühl, dass es richtig war. Er war der richtige Mann für sie.

Vielleicht würden Küsse in ihrer Beziehung gar nicht unbedingt tabu sein? Vielleicht konnten sie einander eines Tages auch körperlich genießen? Sie genoss auf jeden Fall seine Umarmungen und das ganz simple Gefühl, ihm nahe zu sein.

Er war jung und strotzte vor Männlichkeit. Er wollte ganz bestimmt nicht den Rest seines Lebens ohne die Wärme einer Frau leben. Aber sie hatten Zeit. Sie würde das Thema irgendwann später einmal ansprechen. Vielleicht, wenn das Baby auf der Welt war.

„Ich weiß, dass du heute frei hast", sagte er. „Aber ich muss mich um ein paar Sachen auf der Ranch kümmern. Ich werde nicht lange weg sein."

„Okay."

Er beugte sich zu ihr hinunter. Ruhi hielt die Luft an. Das Wasser lief ihr im Mund zusammen, als er näherkam. Vielleicht konnten die körperlichen Dinge zwischen ihnen auch schon früher beginnen?

Sie hob den Kopf. Doch Seans Lippen kamen nicht weiter als bis zu ihrer Stirn. Wärme durchströmte sie, als er einen sanften Kuss zwischen ihre Augenbrauen drückte. Sie spürte keine Explosion. Nur ein angenehmes warmes Flimmern.

„Ruf mich an, wenn du etwas brauchst", sagte er, als er sich wieder zurückzog.

„Ich komme schon zurecht", lächelte sie.

Er stand auf und verließ den Raum. Ruhi blickte ihm nach. In ihrem Mund lief noch mehr Wasser zusammen, als sie seinen Rücken beobachtete, während er aus der Tür ging. Selbst als die Haustür zufiel, spürte sie noch diesen brennenden Hunger in ihrem Inneren. Doch dann wurde sie sich der reichhaltigen Auswahl auf ihrem Tablett bewusst und stürzte sich auf das Essen.

Sie hatte den zweiten Karton zur Hälfte geleert, als ihr Telefon klingelte. Als sie auf die Nummer blickte, fiel ihr die Gabel aus der Hand.

Es war Michael.

Was wollte er? Doch es kam nicht darauf an. Sie wollte jetzt nicht mit ihm reden.

Sie wusste, dass sie ans Telefon gehen sollte. Sie sollte ihm von dem Baby erzählen. Er hatte ein Recht darauf, es zu wissen. Auch wenn sie überzeugt war, dass er seine Verantwortung zurückweisen würde.

Als sie endlich nach dem Telefon griff, hatte es schon aufgehört zu läuten. Vielleicht würde er es noch einmal versuchen. Wenn ja, dann würde sie es ihm sagen. Wenn nicht, würde sie ihn später zurückrufen.

Doch auch nachdem sie alle Kartonschachteln geleert hatte, hatte Michael noch nicht wieder angerufen. Auch Sean war noch nicht zurück. Ruhi war nicht danach, auf irgendeinen von ihnen zu warten und beschloss, stattdessen ein Nickerchen zu machen.

KAPITEL SIEBZEHN

Sean hatte vor, so schnell wie möglich seine Aufgaben zu erledigen und zu seiner Frau zurückzukehren. Er konnte nur noch daran denken, wie er Ruhi zuletzt gesehen hatte – auf die Couch gekuschelt und zu ihm aufblickend. So, wie sie ihn angeschaut hatte, fiel es ihm schwer, sich einzureden, dass da nichts zwischen ihnen war. Wer weiß, vielleicht konnte ihre Beziehung ja doch immer mehr zu etwas werden, das einer echten Ehe ähnelte, je mehr Zeit sie miteinander verbrachten?

Mit Star auf den Fersen und Ruhi in seinen Gedanken griff Sean zum Flüssigdünger statt dem Unkrautvernichter, um das widerspenstige Gras auf einem überwachsenen Fleck des Feldes zu zähmen. Er bemerkte seinen Fehler erst, als Star winselnd davonrannte. Da blickte Sean hinab und stellte fest, dass er schon das halbe Feld mit dem Wachstumsbeschleuniger eingesprüht hatte. Später erwischte er sich dabei, dass er mit dem Hühnerfutter in den Händen die Boxen der Pferde betrat. Schließlich beschloss er, dass es besser war, sich heute von den Tieren fernzuhalten und lieber Arbeiten zu erledigen, die mit unbelebten Objekten der Ranch zu tun hatten.

Glücklicherweise waren seine Pflichten durch das Jugendprojekt etwas weniger zahlreich geworden. Doch da Dylan und Fran mit den Jungen zu tun hatten, musste Sean sich allein um einige Aufgaben kümmern, die man zusammen mit einem anderen Erwachsenen schneller hätte erledigen können.

Xavier und Reed waren in der Stadt, um ein paar Dinge einzukaufen. Die drei Frauen, die auf der Ranch lebten, hatten jede ihre eigenen Aufgaben. Maggie arbeitete mit den Pferdetrainern zusammen, die sich um die Tiere kümmerten. Eva, die sehr gut mit Zahlen umgehen konnte, hatte die Buchführung übernommen. Und Sarai war damit beschäftigt, die Webseite der Ranch einzurichten und zu pflegen.

Sean griff nach einem Hammer und ein paar Nägeln. Auf der Ranch gab es immer irgendeinen Zaun, der geflickt werden musste. Es war schwerer, die Arbeit allein zu tun, aber immerhin würde er in seinem unaufmerksamen Zustand nicht aus Versehen den Daumen einer anderen Person an ein Stück Holz nageln. Als alle Chemikalien wieder sicher im Regal verstaut waren, gesellte sich auch Star wieder zu ihm.

Die Sonne blieb heute hinter den Wolken und quälte seinen Rücken nicht, während sich Sean an die Arbeit machte. Star war schon bald im Gras eingeschlafen. Im Schatten konnte sich Sean vor den Erinnerungen der Explosion verstecken. Und so erschrak er dieses Mal nicht, als er hörte, wie sich Schritte näherten. Er nahm an, dass es einer seiner Kameraden war, der ihm zur Hand gehen wollte. Doch der die Schritte begleitende Hustenanfall zeigte Sean schnell, dass er falsch lag.

„Solltest du nicht bei deiner Gruppe sein?", fragte Sean den Jungen.

James beugte sich hinunter, um Star hinter den Ohren zu kraulen. „Ich bin nur ein Hindernis für alle. Ich verstehe sowieso nicht, wieso wir immer alles zusammen machen müssen. Ich will einfach nur mit den Tieren arbeiten."

Sean richtete sich auf und der Junge trat mit seinen verschlissenen Schuhen gegen einen Stein. Er schob die Hände in die Taschen, so dass die Hosenbeine seiner Jeans hochrutschten und die Ränder seiner Socken über seinen Knöcheln sichtbar wurden. Sein T-Shirt hatte mehrere Flecken, die aussahen, als seien sie älter als der Junge selbst. Kümmerte sich denn niemand um ihn?

„Komm, hilf mir mal", sagte Sean. „Du nimmst ein Ende der Stange und ich nehme die andere."

Natürlich musste Sean trotzdem den größten Teil des Gewichts halten. Aber immerhin wackelte es so viel weniger, als wenn er die Stange allein gehalten hätte. Schnell nagelte er sie auf seiner Seite fest und ging dann zu dem Jungen auf der anderen Seite hinüber.

„Weißt du, ich könnte das hier auch allein machen", sagte er. „Aber zu zweit geht es viel leichter und schneller."

„Ja", sagte der Junge. „Aber ein Pferd reitet man allein."

„Wenn wir euch zum Viehtrieb mitnehmen, wirst du sehen, dass man das nicht allein machen kann."

„Kann man nicht einen Hund mitnehmen?"

„Einen Hund müsste man zuerst ausbilden. Dann wären du und der Hund ein Team."

James presste die Lippen zusammen, als er das hörte. Er schob seine Hände wieder in die Hosentaschen. Sean konnte deutlich die Umrisse seiner Hände unter dem abgewetzten Stoff erkennen.

Er nahm sich vor, Sarai zu fragen, ob sie irgendwo ein paar Kleidungsstücke für Jungs besorgen konnte. Er wusste, dass das ehemalige Model immer noch Kontakte in die Modewelt hatte. Da der Junge sich geweigert hatte, Geld für seine Medikamente anzunehmen, würde er vermutlich auch keine Kleider geschenkt nehmen. Allerdings war es Sean gelungen, heimlich ein wenig Bargeld in den Rucksack des Jungen zu stecken, als er das letzte Mal auf der Ranch gewesen war. Das sollte ausreichen, um die Medikamente zu kaufen. Sean hoffte, dass der Junge es auch dafür genutzt hatte.

„Man braucht immer jemanden, der einem den Rücken freihält", sagte Sean. „Wenn du Freunde findest, werden sie genau das tun. Aber du musst es auch für sie tun."

Apropos Freunde. Gerade kam Maurice über die Wiesen auf sie zugelaufen. Er sah nicht gerade erfreut aus, als er bei James ankam. „He, du hast mich einfach alleingelassen!"

„Tut mir Leid", sagte James. Er trat einen Stein auf dem Boden weg und schob seine Hände tiefer in die Taschen. „Ich habe nur Specialist Jeffries geholfen."

„Wir sollten zusammen Heuballen aufschichten. Als ich mich umgedreht habe, warst du auf einmal nicht mehr da."

„Das Heu hat mich zum Niesen gebracht und …" Aus James' Mund drang ein pfeifendes Husten. Er hustete so sehr, dass er keuchend nach Luft ringen musste.

Sean wusste nicht, ob er zu dem Jungen hinübergehen sollte. Gab es Regeln, wann man Kinder anfassen durfte, selbst wenn es nur ein Klopfen auf dem Rücken war? Was, wenn er den Jungen wiederbeleben musste?

Als Sean zögerte, trat Maurice herbei und rieb mit der Hand über James' Rücken. „Ich dachte, du warst beim Arzt."

„War ich ja."

„Hat dein Vater dir die Medizin besorgt?"

„Ja. Hab nur vergessen, sie zu nehmen." James trat einen weiteren Stein fort. „Ich mach es gleich, wenn ich nach Hause komme."

Er schob wieder seine Hände in die Hosentaschen und hielt den Kopf gesenkt, während er sich umdrehte, um zu gehen. Star trottete ihrem neuen ohrenkraulenden Freund hinterher. Maurice blickte Sean an und zuckte mit den Schultern, bevor er sich umwandte, um James zu folgen. Sean wusste, dass es

Wochen, ja sogar Monate dauern konnte, bis eine Bronchitis ausheilte. Aber wenn man Medikamente nahm, sollte es eigentlich besser und nicht schlechter werden.

Der Junge hatte eindeutig seine Medizin nicht bekommen. Hätte er sie seit ein paar Tagen genommen, hätte man mittlerweile eine Verbesserung sehen müssen. Wie konnte sein Vater nur versäumen, sich um alles zu kümmern, was sein Kind brauchte? Hätte Sean gehört, wie sein Kind so hustete, hätte er Himmel und Erde in Bewegung versetzte, um diesem Husten ein Ende zu setzen.

Doch diese Jungen waren eben genau deswegen hier, weil ihre Eltern sie in irgendeiner Hinsicht vernachlässigten. Warum würden sie sich sonst auffällig verhalten oder schlechte Noten bekommen oder krank werden? Es war unerhört, ein Kind so sehr zu vernachlässigen. Beinahe so schlimm, wie sie so zu indoktrinieren, dass sie anderen Menschen Schaden zufügten.

„Für einen Frischvermählten siehst du aber nicht gerade glücklich aus."

Sean wandte sich um und sah, dass Fran auf ihn zukam.

„Es ist eine Schande, wie manche Eltern mit ihren Kindern umgehen", sagte Sean und deutete auf die Jungen, die in der Ferne immer noch zu sehen waren. „Wenn unser Kind da ist, werde ich Himmel und Erde in Bewegung setzen, damit es alles hat, was es braucht."

„Euer Kind? Moment. Ruhi ist schwanger?"

Sean erstarrte. In seinem Ärger war ihm die Zunge davongaloppiert. Nun konnte er seinen Ausbruch nicht mehr zurücknehmen oder Fran mit etwas anderem ablenken. Aber das war noch nicht einmal das Schlimmste.

„Aber ihr seid doch erst … Oh."

Fran hatte offensichtlich Eins und Eins zusammengezählt und war zum richtigen Ergebnis gekommen, ohne einen Vaterschaftstest gesehen zu haben.

Fran pfiff durch die Zähne und hob den Kopf, um in den Himmel zu blicken. Dann wandte er seinen Blick mit einem ernsten Gesichtsausdruck wieder Sean zu. „Ich weiß, was du für sie empfindest. Aber das Kind eines anderen Mannes?"

„Er hat sie verlassen", sagte Sean. „Was für ein Mann tut so etwas, wenn eine Frau mit seinem Kind schwanger ist? Ich werde für beide da sein. Ich werde der beste Ehemann und Vater sein, den es gibt."

Dass er ein guter Vater sein würde, bezweifelte

er in keiner Minute. Er hatte in seinem Leben viele gute Vorbilder gehabt. Aber würde er auch ein guter Ehemann sein? Er war mit einer Frau verheiratet, in die er verliebt war, aber er musste jeden Tag seine wahren Gefühle verbergen. Nun, immerhin gehörte die Schwangerschaft jetzt nicht mehr zu den Dingen, die er verbergen musste.

„Hör zu, Fran, wir wollen nicht, dass das schon bekannt wird."

„Natürlich." Fran nickte.

Aber Sean wusste genau, dass die ganze Ranch Bescheid wissen würde, bevor er überhaupt bei sich zu Hause angekommen war. Einschließlich der Krankenstation, wo Ruhis Vater morgen arbeiten würde. Und dann würden sie alle Eins und Eins zusammenzählen.

KAPITEL ACHTZEHN

Ruhi fühlte sich in ihrem Traum erschöpft. Sie wusste, dass es Nachmittag war, weil sie die Sonne auf ihrer Wange spüren konnte. Aber sie fror. Warum war es nur so kalt?

Ihre Augen weigerten sich, sich zu öffnen. Bis etwas Warmes ihre Stirn berührte. Ihr Bewusstsein folgte der Spur der Wärme. Sie wanderte über ihre Stirn, an ihrem Kiefer vorbei und hinter ihr Ohr. Dann war sie verschwunden.

Ruhi öffnete blinzelnd die Augen, um nach der Wärme zu suchen und fand Sean. Seine braune Haut leuchtete förmlich in der Nachmittagssonne. Seine haselnussbraunen Augen waren wie Sterne, die nur für sie schienen. Sie wollte sich zusammenrollen und sich tief in seiner federleichten Umarmung vergraben. Doch da nahm er seine Hand von ihrem Gesicht und senkte den Blick, so dass sie die beiden Sterne nicht mehr sehen konnte.

Sie blinzelte noch ein paar Male. Licht umgab ihn, und die Strahlen der Sonne drangen hell durch das Fenster. Es war Sean gewesen. Er hatte sie mit der leichtesten Berührung durchgewärmt.

„Es tut mir Leid, dass ich dich geweckt habe", sagte er. „Du hast so friedlich ausgesehen."

„Das war ich auch. Oder bin ich."

Er hob seine Lider, um sie anzublicken. Und da war es wieder – das Licht in seinen Augen. Ein Feuerwerk explodierte in ihrem Bauch. Aber ihr war nicht übel.

Nur schwindlig.

Und ein wenig benommen.

Und definitiv atemlos.

Das waren keine Schwangerschaftssymptome. Das waren Dinge, die man sich über das Verliebtsein erzählte. Doch das konnte es nicht sein. Nicht zwischen ihr und Sean.

Sie kannte Sean seit einem Jahr. Wenn es zwischen ihnen gefunkt hätte, wäre das doch schon längst geschehen. Das hier konnte also keine Liebe sein.

Oder doch?

Es war das erste Mal, dass sie ihn in diesem Licht sah. Vorher hatte sie ihn immer nur unter dem kalten Licht der Neonröhren in der Krankenstation betrachtet. Er hatte nie auf sie herabgeblickt. Sie hatte ihm immer Auge in Auge gegenübergestanden, wenn sie ihn untersuchte. Aber nun machte ihr Herz unter seinem Blick auf einmal lauter seltsame, flatternde Sprünge.

Ruhi wusste, dass es nicht nur Liebe auf den ersten Blick gab, sondern auch Liebe, die sich über einen längeren Zeitraum entwickelte. Sie kannte nur niemanden, bei dem das so gewesen war. Ganz bestimmt bei niemandem in ihrer Familie. Alle redeten darüber, dass sie sich sofort verliebt hatten oder zumindest kurz nach ihrer ersten Begegnung.

Sie hatte schon zu viele Beziehungen gehabt, in denen sie darauf gewartet hatte, ob etwas Derartiges geschehen würde. Doch das hatte es nie getan. Hatte sie es nicht aufgegeben?

Das hatte sie. Doch irgendetwas war da in ihrem Inneren. Ein Sehnen. Ein Brennen. In einem Moment war es da und im anderen war es wieder verschwunden.

„Ruhi, ich muss mit dir reden.“

Sofort wurde ihr übel. Der Schwindel, die

Benommenheit und die Atemlosigkeit steigerten sich in Richtung Brechreiz.

„Die Katze ist aus dem Sack", sagte er. „Oder vielmehr, der Braten ist aus dem Ofen."

„Was?"

Ruhi setzte sich auf. Die Lageänderung ließ ihren Kopf schwimmen. Sie griff nach etwas, an dem sie sich festhalten konnte, und bekam Sean zu fassen.

Er schlang seine Arme um die ihren und sie fühlte sich geerdet, aber nicht sicher. Er rutschte auf das Sofa neben ihr und ihr Körper rutschte wie ein Magnet an den Platz an seiner Schulter. Wenn er vorhatte, mit ihr Schluss zu machen, würde er sich selbst überlegen müssen, wie er sie von dieser Stelle lösen konnte. Sie hatte weder genug Kraft noch den Wunsch, sich hier wegzubewegen.

Doch anstatt sie fortzuschieben, schlangen sich seine Arme um sie. Der eine lag an ihrem Rücken, der andere umfasste ihren Kopf.

„Wie fühlst du dich?", fragte er.

„Warm", sagte Ruhi zu seiner Brust. „Mir war so kalt. Aber jetzt ist mir warm."

„Das tut mir Leid. Ich habe den Thermostat hier drin ziemlich tief eingestellt. Ich dachte, die Decke würde reichen."

„Hat sie auch. Aber das hier ist besser." Da er sie

nicht wegschob, beschloss sie, sich noch enger an seine Brust zu kuscheln.

Für einen langen Moment saßen sie still da. Sean strich kreisend mit seiner Hand über ihren Rücken. Ruhi nahm langsame, tiefe Atemzüge, die sie mit seinem Geruch erfüllten. Wenn das seine Art war, ihr schlechte Nachrichten zu bringen, dann konnte sie sich durchaus daran gewöhnen. Doch als er anfing zu sprechen, verknotete sich ihr Magen wieder.

„Ich habe schlechte Nachrichten", fing er an.

Ruhi holte tief Luft. Langsam hob sie ihren Kopf, um ihrem vorgetäuschten Ehemann in die Augen zu blicken. Doch sie blieb in seinen Armen liegen. Wenn er ihr gleich den Boden unter den Füßen wegziehen wollte, schuldete er ihr etwas Trost.

„Fran hat erraten, dass du schwanger bist. Und er ist natürlich gleich darauf gekommen, dass es nicht von mir ist. Vermutlich weiß es in der Zwischenzeit jeder. Und dein Vater wird es wohl morgen herausfinden, wenn er herkommt."

Ruhi brauchte einen Moment, um zu verstehen, was er sagte. Sie hatte sich so sehr darauf konzentriert, die bekannten Sätze zu hören, die typisch für eine Trennung waren. Wieder und wieder wendete sie Seans Worte in ihrem Kopf hin und her. Als sie keine einzige Trennungsfloskel darin entdeckte, beruhigte sich ihr Herz. Ihr Atem ging wieder gleichmäßig. Ihr Kopf wurde klar.

„Du willst dich nicht von mir trennen?", fragte sie zur Sicherheit.

Sean blinzelte. Das Licht in seinen Augen verdunkelte sich und brannte dann wieder heller. „Mich von dir trennen?"

Er schien ihm schwer zu fallen, die Worte auszusprechen. Sie klangen ganz fremd aus seinem Mund. Ruhi konnte sehen, dass er seine Worte in Gedanken wiederholte, genau wie sie mehrmals für sich wiederholt hatte, was er zu ihr gesagt hatte.

„Niemals", sagte er dann.

„Niemals?", fragte sie.

Er löste sich von ihr und rutschte von der Couch. Ehe sie es sich versah, war er vor ihr auf die Knie gesunken und griff nach ihren Händen. Ruhi war über diese Entwicklung so verblüfft, dass sie sie ihm beide überließ.

„Ich muss dir etwas sagen", gestand er. „Etwas, das ich dir eigentlich schon hätte sagen sollen, bevor wir geheiratet haben. Ich … Ich liebe …"

„Du liebst eine andere?" Sie beendete den Satz für ihn. Sie zwang sich mit zugeschnürter Kehle, die Worte zu sagen. Sie hatte es gewusst.

„Ruhi. Ich liebe dich. Seitdem ich zum ersten Mal bei dir in Behandlung war."

„Mich?"

Sean nickte, sein Blick offen und verletzlich. Und als die Sprenkel sie anfunkelten, sah sie es. Er hatte sie schon unzählige Male so angeblickt. Warum hatte sie das nur nicht erkannt?

„Ich wollte nicht, dass du dich unwohl fühlst. Aber du solltest es wissen, wenn wir zusammenbleiben wollen. Es sollte keine Geheimnisse zwischen uns geben. Bevor ich zu dir gekommen bin, ging es mir wirklich schlecht. Aber sobald du mein Kinn angehoben hast, um dich um meine Wunde zu kümmern, hatte ich das Gefühl, mein Herz würde wieder lebendig werden."

„Ich habe mich so darauf konzentriert, dich gesund zu machen, dass ich dich gar nicht angeschaut habe. Ich habe gar nichts davon gemerkt."

„Und jetzt?"

„Jetzt … " Sie hob ihre Hand und legte sie an seine Wange. „Jetzt sehe ich es. Jetzt spüre ich es."

Sie umfasste sein Gesicht mit beiden Händen und fuhr mit ihrem Daumen über seine Wange. Sie waren sich nah genug, dass sie die warme Würze seines Atems spüren konnte.

„Den Funken."

Ruhi beugte sich vor, als Sean sie an sich zog. Ihre Lippen berührten sich nur ganz leicht, aber es war eine Explosion der Gefühle. Der Druck seiner Unterlippe an ihrer Oberlippe raubte ihr den Atem. Als er ihren Kopf zur Seite neigte, um besser an sie heranzukommen, löste sich Ruhis gesamte Welt von ihrer bisherigen Achse. Sie spürte, wie ihre Welt zerbrach, als Seans Lippen Anspruch auf die ihren erhoben. Doch sie fügte sich gleich wieder zusammen, weil er sie so fest in seinen Armen hielt.

Das war ein ganz neuer Zustand. Sie hatte nicht mehr das Gefühl, eine unabhängige Frau zu sein. Sie war nun mehr als das. Sie waren gewachsen und zu einer felsenfesten Verbindung geworden.

KAPITEL NEUNZEHN

Wärme umgab ihn. Er spürte, dass die Hitze von seiner Brust ausstrahlte. Seine Gliedmaßen fühlten sich leicht an und seine Hände kribbelten. Es fehlte nur der kalte, harte Stahl einer Waffe.

Sean wartete darauf, dass sich Panik einstellte. Er saß wehrlos an einem dunklen, heißen Ort. Aber sein Herz war ganz ruhig.

Die Wärme wanderte hinauf in sein Gesicht. Er spürte, wie sie durch die Furchen seiner Wange kroch, wo die Wunde war. In seinen Albträumen hatte er die Narbe nie gehabt. Nicht, bis er aufwachte und mit der Hand über sein Gesicht fuhr. Nur so hatte er immer gewusst, dass er aus der

Traumwelt erwacht und wieder in der harten Realität gelandet war.

Die Hitze verließ sein Gesicht und wanderte schnell zu seinem Rücken. Das war schon eher wie in seinen normalen Albträumen, denen, die den Schrecken widerspiegelten, den er damals im Kriegsgebiet erlebt hatte. Als nächstes begann das Dröhnen in seinen Ohren.

Aber das Dröhnen wurde dieses Mal nicht von diesem tiefen, hohlen Klang begleitet. Vielmehr verwandelte es sich von einem einzelnen Herzschlag zu mehreren und wieder zurück. Aus der Dunkelheit erhoben sich die Schreie. Das hohe Jammern eines schreienden Babys übertönte schnell alle anderen Stimmen.

Sean holte Luft, um seinen Herzschlag zu beruhigen und versuchte, die Kontrolle über sich zurückzugewinnen. Es war ein Traum, ein Albtraum. Er musste nur aufwachen und die Augen öffnen.

Doch um ihn herum stürzten die Leichen zu Boden. Das Schreien des Kindes wurde in seinen Ohren immer lauter. Das schrille, gequälte Klagen drohte, sein ganzes Wesen entzweizubrechen.

Es gelang ihm, die Augen aufzuschlagen, aber er war immer noch vom Traum umfangen. Bruchstückhaft drang Licht in sein Bewusstsein. Es war das Leuchten des Feuers. Glühende, heiße, zornige Funken stürzten sich auf ihn. Sie bissen in seine Haut, leckten an seiner Wirbelsäule empor und stachen in sein Gesicht.

Doch er fiel nicht. Er konnte nicht. Er wusste, dass der einzige Ausweg aus dem Traum darin bestand, Xavier zu finden. Aber der auf dem Bauch liegende Körper des Mannes war nirgends zu entdecken. Dann sah er es.

Am Ende des Tunnels erblickte er Ruhi, ein Kind in ihren Armen. Ihr Kind. Sein Kind.

Das Kind schrie. Ruhi rief angstvoll etwas. Sie rief seinen Namen.

Verzweiflung durchbohrte Sean wie ein Geschoss, das sein Ziel erreicht hatte. Sean forderte seinen Beinen alles ab, was er konnte. Doch je schneller er lief, desto weiter schienen sie sich von ihm zu entfernen. Und immer noch rief Ruhi seinen Namen.

Er war so nah dran. Er war so nah dran. Da schob sich eine dunkle Gestalt in sein Blickfeld hinter Ruhi und das Baby.

Die Gestalt war klein, nur halb so groß wie Ruhi. Es war ein Junge. Der Junge trug etwas, von dem

Sean wusste, dass es eine Bombenweste war. Tränen strömten über das Gesicht des Jungen.

„Sean?"

Sean musste handeln. Das Leben des Jungen oder das Leben seiner Familie? Er hatte nie wieder diese Entscheidung treffen wollen. Doch hier stand er nun, und er zögerte wieder.

„Sean?"

Er spürte den kalten, harten Stahl des Gewehrs in seiner Hand. Er hob die Waffe. Er entsicherte sie. Er zielte und …

„Sean, es ist nur ein Traum. Wach auf."

Seine Augen flogen auf. Seine Hände tasteten um sich und suchten nach seiner Waffe. Doch statt Stahl erfassten sie Fleisch.

Ruhis Augen waren geweitet. Ihr Atem kam in furchtsamen Stößen. Ihr Gesicht war aschfarbig im dämmerigen Mondlicht. Ihre Handflächen waren ihm zugewandt, die Finger in einer abwehrenden Handbewegung nach oben gestreckt. Sean sah, dass seine eigenen Finger ihre Handgelenke umklammert hielten.

Sie hatte Angst. Sie fürchtete sich. Vor ihm. Der Albtraum war nichts im Vergleich zu dieser Wirklichkeit. Das war die Hölle.

„O Gott. Habe ich dich verletzt?"

Sean gab ihre Hände frei und rutschte von ihr weg. Sie befanden sich immer noch auf der Couch im Wohnzimmer. Er erinnerte sich daran, dass sie nach ihrem Kuss auf dem Sofa gesessen hatten, zufrieden damit, einander im Arm zu halten. Sie mussten eingeschlafen sein.

„Nein", sagte sie. „Du hast mich nicht verletzt. Geht es dir gut?"

Er verließ sich nicht auf ihre Worte. Er streckte die Hand aus und schaltete die Tischlampe ein. Unter dem fluoreszierenden Licht suchte er mit den Augen ihren Körper nach irgendwelchen Wunden ab, die er ihr zugefügt haben mochte, während ihn der Albtraum in seinen Fängen hielt.

Er fand keine. Für dieses Mal. „Ich hätte dich verletzen können."

„Das würdest du nie tun." Ruhi hob ihre Hand und legte sie an sein Gesicht.

„Absichtlich nicht, nein. Aber aus Versehen ist das sehr gut möglich."

„Ich weiß, dass du Albträume hast, Sean. Aber du hast gerade nur nach mir gegriffen. Und ich bin gleich hier."

Sean blickte auf seine Hände hinab. „Ich habe deine Handgelenke gepackt."

Sie schüttelte den Kopf. „Als du aufgewacht bist.

Aber vorher hast du mich nur an dich gezogen und festgehalten. Ich glaube, du hast mich beschützt."

Ruhi strich mit ihrem Daumen über seine Wange. Dann hob sie mit dem Zeigefinger sein Kinn an, so dass er ihrem Blick begegnen musste. In ihren Augen lag keinerlei Furcht.

Wärme lag in ihren braunen Augen. Mitgefühl umgab ihre schweren Wimpern. Und auch der Funke von etwas anderem schimmerte an den Rändern ihrer Augenlider. Zum ersten Mal nach sehr langer Zeit wünschte Sean, er habe ein Streich-holz, um dieses Flackern zu einer lodernden Flamme zu schüren.

Als er ihr seine Gefühle gestanden hatte, hatte sie nicht gesagt, dass sie ihn auch liebte. Und das war in Ordnung. Ein Funke war in Ordnung. Obwohl er sich so lange in der kalten Dunkelheit versteckt hatte, wusste er, wie man ein Feuer entfachte. Er war zufrieden damit, den Rest seines Lebens damit zu verbringen, immer neues Holz zu Ruhis Herzen hinzuzufügen, in der Hoffnung, damit das Feuer der Liebe immer weiter wachsen zu lassen.

„Ich weiß, dass ich dich nicht erschrecken darf", sagte sie. „Aber du musst auch wissen, dass ich in Sicherheit war. Ich war ja bei dir."

Seans Kinn sank auf seine Brust. Nicht aus

Scham, sondern aus Erschöpfung. Er hatte sich so sehr zusammengekrampft. Aber sie hatte ihn innerhalb nur einer Sekunde entwirrt.

„Ich weiß, dass deine PTBS eine reale Erkrankung ist, die echte Konsequenzen hat. Aber wir werden sie gemeinsam meistern."

„Hitze ist ein Trigger", sagte Sean.

„Deswegen ist es hier drin immer so kalt." Sie zuckte mit den Schultern. „Ich werde warme Unterwäsche anziehen."

Der Gedanke an Ruhis Unterwäsche ließ unter seinem Kragen die Hitze aufsteigen. „Wir werden nicht in einem Bett schlafen. Nicht, solange ich diese Albträume nicht im Griff habe."

„Oh." Ihre Schultern sackten nach unten und sie ließ einen matten Seufzer hören. „Toll."

Sie war enttäuscht. Das war ein gutes Zeichen. „Ich würde es gern", beteuerte Sean.

„Ich auch."

Ihm zugewandt kniete sie auf der Couch. Ihre Knie streiften seine Oberschenkel. Es wäre so einfach, sie auf seinen Schoß zu ziehen. Doch nein, es war zu früh.

„Ich muss mir einfach sicher sein", sagte er. „Ich muss mir trauen können, dass ich dir nichts tue."

„Du bittest mich also, zu warten?"

„Ich verspreche dir, es wird das Warten wert sein.“

Dann zog er sie doch an sich. Nicht auf seinen Schoß. Aber er zog ihre Brust an sein Herz.

Dieses Mal nahm Sean Ruhis Gesicht in seine Hände. Er umfasste ihr Kinn und strich mit dem Daumen über ihre Unterlippe, die er wieder und wieder mit seinen Lippen umfassen würde.

Ruhis Atem an seiner Hand war warm. Ihre Wärme und ihre Nähe lösten so vieles in ihm aus. Aber dieses Mal waren es keine Gefühle aus der Hölle. Das hier war der Himmel.

Sean neigte Ruhis Gesicht nach hinten. Er nahm sein Ziel ins Visier. Er hatte es genau im Blick, während er sich seiner Beute näherte.

Der Klingelton eines Handys riss sie auseinander. Sean blickte auf Ruhis Handy, das auf dem Couchtisch lag, und erstarrte. Er sah das Gesicht ihres Ex-Freundes, gefolgt von einer Nachricht: „Hab deine Nachricht bekommen. Bist du wach?“

KAPITEL ZWANZIG

„Warum schickt dir dein Ex um ein Uhr nachts eine Nachricht?"

Ruhi schloss die Augen, um ihr Gleichgewicht wiederzufinden. Sie war gefangen zwischen dem Nebel der Sehnsucht und dem Dunst des Ärgers. Sie wollte gerade nur eines: dass Sean beendete, was er angefangen hatte und sie küsste, bis sie alles um sich herum vergaß – genauso, wie er es getan hatte, bevor sie in seinen sicheren Armen eingeschlafen war. Sie wollte herausfinden, wir fest er wirklich entschlossen war, sie auf Distanz zu halten, während sie diese Albträume in den Griff bekamen. Und Ruhi plante, dies herauszufinden, während sie in seinen Armen lag.

Als ihn seine dunklen Träume umfangen

gehalten hatten, war ihr erster und einziger Gedanke gewesen, ihm zu zeigen, dass sie für ihn da war. So, wie er die ganze Zeit für sie dagewesen war. Sean hatte nicht ein einziges Mal geschwankt, seit er ihr zu Hilfe gekommen war. Er war nie zurückgetreten, als sie sich immer mehr auf ihn stützte.

Ruhi war entschlossen, das Gleiche für ihn zu tun. Sie würde ihm alles geben, was er brauchte, um seine PTBS unter Kontrolle zu bekommen – solange das nicht erforderte, die Geborgenheit seiner Arme zu verlassen oder auf seine Küsse zu verzichten, die ihr Herz so sehr erwärmten. Denn das stand nicht zur Debatte.

Leider hatte sich Michael genau im falschen Moment gemeldet. Sie hatte ihn irgendwann im Laufe des Tages versucht zu erreichen, bevor Sean nach Hause gekommen war, und er hatte den ganzen Tag gebraucht, um auf ihren Anruf zu reagieren.

Wenn sie es sich genau überlegte, hatte er auch während ihrer Beziehung nie sofort reagiert. Es hatte sich immer angefühlt, als sei sie ein nachträglicher Gedanke in seinem Tagesplan gewesen. Wenn sich eine andere Gelegenheit ergeben hatte, war sie oft zur Seite geschoben worden.

Und doch war Michael der Vater ihres Kindes

und würde es immer sein. Sie musste die Sache mit ihm klären. Aber zuerst musste sie ihrem Mann die ganze Wahrheit sagen.

„Sean, ich muss mit Michael über etwas sprechen. Über etwas, über das du und ich uns zuerst unterhalten müssen.“

„Über das Baby?“

Ruhi nickte.

Sean ließ ihr Gesicht los, rückte aber nicht von ihr weg. Er ließ seine Hand auf der Rückenlehne der Couch liegen. Mit seiner freien Hand nahm er Ruhis Hand in die seine. „Glaubst du, er hat seine Meinung geändert? Glaubst du, er will jetzt doch im Leben unseres Kindes eine Rolle spielen?“

Unseres Kindes. Wie hatte sie nur ein ganzes Jahr lang übersehen können, wie großartig dieser Mann war? Und dabei war er ein Jahr lang jede Woche zu ihr in die Praxis gekommen.

Sie starrte ihm ins Gesicht, direkt in die Augen. Sie hatte seine Stärke gesehen; sie hatte seine Belastbarkeit gesehen. Sie wusste, dass er vertrauenswürdig und ehrlich war. Doch dieser gegenseitige Respekt, der durch ihn hindurchschien, wenn er sie betrachtete, dieses sofortige Akzeptieren, ohne sie zu verurteilen, diese Qualitäten drangen erst jetzt in ihren analytischen Verstand vor und setzten sich in ihrem Herz fest.

Ruhi wünschte, sie hätte all dies schon im vergangenen Jahr in ihm gesehen. Sie wünschte, sie hätte ihn schon früher in ihr Herz gelassen. Denn dann wäre dies ihr gemeinsames Kind, sowohl im Geist wie auch in Fleisch und Blut.

Doch sie konnte die Tatsachen nicht leugnen. Mittlerweile würde es schon jeder auf der Ranch wissen. Sie würden wissen, dass sie schwanger war und sie würden wissen, dass Sean nicht der Vater war.

Ihre Eltern würden es morgen früh erfahren. Vermutlich würden sie enttäuscht reagieren, weil sie es nicht als Erste erfahren hatten. Sie hatte alles verdorben. Und was noch schlimmer war: Michael, der Vater des Kindes, würde es als Allerletztes erfahren.

„Michael kann seine Meinung nicht ändern, solange er nicht alle Informationen hat", sagte sie.

Seans Augenbrauen zogen sich verwirrt zusammen. Aber sein Blick blieb geduldig. Das kleine Lächeln auf seinen Lippen zeigte immer noch Vertrauen.

„Ich habe ihm nie gesagt, dass ich schwanger bin."

Nun rutschte er von ihr weg. Seine Finger ließen die ihren los. Sein Arm, der auf der Rückenlehne des Sofas gelegen hatte, entzog sich halb der Umarmung. „Du hast ihm nie von dem Baby erzählt?“

„Ich habe erst festgestellt, dass ich schwanger bin, nachdem wir uns getrennt hatten. Da hatte er schon vor, ins Ausland zu gehen. Und als ich es ihm erzählen wollte, hat er schon mit jemand anderem geschlafen.“

„Ruhi …“ Er blickte sie nicht an. Er schaute auf seine Hände. Diese Hände, die sie noch vor einem Moment festgehalten und in seine Umarmung gezogen hatten, unter seinen Schutz, an sein Herz.

„Ich weiß, ich weiß. Ich habe mich so gedemütigt gefühlt. Aber ich habe heute Morgen versucht, ihn anzurufen. Er hat nur gerade darauf reagiert.“

Sean hob seinen Blick. Seine haselnussbraunen Augen waren dunkel, sein Kiefer zusammengepresst. „Und wenn er wieder mit dir zusammenkommen will?“

„Glaub mir, dass will er nicht.“

„Wünschst du dir, dass es so wäre?“ Sean rang seine Hände, ballte seine Finger zu Fäusten und öffnete sie wieder.

„Nein.“ Bei dem Gedanken musste Ruhi lachen. „Auf keinen Fall.“

Sie hatte gewollt, dass Michael sie wollte. Aber von Sean gewollt zu werden, war noch viel besser. Warum stand Sean dann jetzt von der Couch auf?

„Sean?" Ruhi stand ebenfalls auf.

„Ein Kind braucht beide Eltern."

„Dieses Kind wird eine Mutter und einen Vater haben, ganz gleich, wie sich Michael entscheidet."

„Ich dachte, ich würde ein Loch stopfen."

„Das hast du", beharrte sie. „Du hast das Loch in meinem Herzen gestopft."

Seans Blick glitt über sie hinweg. Ruhi fühlte sich unter der Hitze seiner prüfenden Augen entblößt. Sie hatte das Gefühl, ihre Seele würde nackt vor ihm liegen, während ihr Mann die Entscheidungen ihrer Vergangenheit und die Taten ihrer Gegenwart beurteilte.

Sean stand keine große Bandbreite an Gesichtsausdrücken zur Verfügung, aber Ruhi kannte sein Gesicht zu gut. Er war verletzt. Er war verwirrt. Er war enttäuscht.

„Sean?"

„Es ist spät. Du brauchst Ruhe."

Er hielt ihr die Hand hin. Doch als Ruhi seine Finger mit den ihren ergreifen wollte, zog er seine Hand fort und legte sie ihr auf den Rücken. Die ganze Woche lang hatte sie sich verankert und geerdet gefühlt, wenn sie seine Hand auf ihrem Rücken gespürt hatte. Doch nun spürte sie nur noch das Gewicht der ganzen Welt, das an ihr zerrte.

Sean begleitete sie zu ihrer Zimmertür. Er drehte den Knauf und schob sie hinein. „Gute Nacht, Ruhi."

„Sean?"

„Wir reden morgen weiter."

Und damit schloss er die Tür mit einem leisen Klicken. Einen Augenblick später hörte sie das gleiche kleine Klicken seiner eigenen Tür, mit dem er sie aus seiner Welt ausschloss. Er hatte die Worte nicht ausgesprochen, aber irgendwie hatte Ruhi das Gefühl, dass sie sich gerade getrennt hatten.

KAPITEL EINUNDZWANZIG

Der Klang seines Namens auf ihren Lippen hallte in seinen Ohren wider. Er brachte das Klagen und Schreien seiner Albträume zum Verstummen. Es ließ ihn frösteln. Er lag im Bett, aber er konnte seine Augen nicht schließen. Doch wenn er sie offenhielt, konnte er nicht anders, als die geschlossene Tür anzustarren.

Er hatte sie in seinen Armen gehalten. Er hatte ihre Lippen gekostet. Er hatte zu seinen Gefühlen gestanden und sie hatte sie erwidert. Es war alles so geworden, wie er es sich stets gewünscht hatte. Doch alles war auf einer Lüge aufgebaut gewesen.

Nicht der Lüge, die sie gemeinsam allen erzählt hatten. Diese Lüge war anders gewesen. Sie hatte einen guten Grund gehabt. Sie hatten es getan, um das Kind zu schützen. Allerdings war nun vielleicht auch das alles umsonst gewesen.

Was, wenn Michael im Leben des Babys eine Rolle spielen wollte?

Ruhi hatte gesagt, dass sie ihren Ex nicht zurückhaben wollte. Aber wenn er am Leben des Babys teilhaben wollte, konnte sie ihn nicht ausschließen. Welche Rolle würde dann Sean spielen?

Ob er nun etwas von dem Baby gewusst hatte oder nicht, Michael hatte Ruhi weggestoßen, als er sie verlassen hatte. Sean wusste, dass es keine Trennung in gegenseitigem Einverständnis gewesen war. Die meisten Trennungen waren das nicht. Ruhi hatte es eindeutig nicht erwartet und auch nicht gewollt, als es passierte.

Sean würde Ruhi nie wegstoßen. Er wollte sie wieder in seine Arme schließen. Er wollte Michael nicht in ihrer Nähe haben. Sein Instinkt sagte ihm, dass er zu ihrer Tür gehen und ihr das sagen sollte; dass er sie in seine Arme ziehen und seine Lippen auf die ihren drücken und nicht einmal zulassen sollte, dass das Tageslicht zwischen ihnen stand.

Doch zwischen ihnen stand so vieles. Lügen, Babys, Kindsväter, Albträume.

Sean würde ganz sicher nicht schlafen können. Aber er konnte auch nicht mit so viel aufgestauter

Energie in seinem Zimmer bleiben. Ihm blieb nichts anderes übrig, als das Haus zu verlassen.

Kurz vor der Morgendämmerung erreichte er die Ställe. Er sattelte eines der Pferde und ritt los. Kraft durchströmte ihn, als er das Pferd antrieb. Aber seinen Dämonen konnte Sean nicht davonlaufen.

Als Sean das Pferd zum Schritt durchparierte, damit es sich abkühlen konnte, merkte er, dass er immer noch aufgeregt war. Er hatte mit dem Ritt keine Energie loswerden können. Er beschloss, seine Aufmerksamkeit der körperlichen Arbeit zuzuwenden.

Die Sonne war mittlerweile aufgegangen und die Bewohner der Ranch erwachten, um den Tag zu begrüßen.

Sean suchte nach einer Aufgabe, bei der er mit niemand anderem in Kontakt kommen würde. Bei den meisten Arbeiten waren mehr als ein Paar Hände notwendig. Außer beim Zaunbau.

Zäune zu flicken ging mit einer anderen Person am besten. Allein war es eine schwierige, aber machbare Aufgabe. Genau das, wonach Sean suchte.

Er suchte die notwendigen Werkzeuge zusammen und machte sich an die Arbeit. Das Krachen des Hammers war die beste Therapie, ganz besonders, wenn er sich dabei vorstellen konnte, dass der Nagel Michaels Gesicht war. Schon bald stand die Sonne hoch am Himmel und brannte auf Seans Rücken herunter. Da hörte er, wie sich jemand näherte.

„Entschuldigung."

Die fremde Stimme ließ Sean mitten im Zuschlagen innehalten. Er wandte sich um, um den Mann anzublicken. Er hatte eine dunkle Haut und ein abgearbeitetes Gesicht. Sean sah, dass der Mann nicht alt war, vermutlich nur ein paar Jahre älter als Sean. Doch er wirkte stark gealtert. Die Folgen eines schweren Lebens, vielleicht eines voller Drogen.

„Sind Sie Sean Jeffries?"

„Ja."

„Ich muss mit Ihnen über meinen Sohn reden."

„Ihren Sohn?"

„Er heißt James Ezra."

Das war also der pflichtvergessene Vater, der sich nicht einmal die Mühe gemacht hatte, mit seinem Kind zum Arzt zu gehen. Immerhin hatte er es bis hierher auf die Ranch geschafft. Aber er schaffte es nicht, für sein Kind zur Apotheke zu gehen. Ja, Sean wollte auch ein Wörtchen mit ihm reden. Deswegen hatte er gestern das Jugendamt angerufen.

„Ich bin wirklich froh über all das, was Sie für meinen Jungen tun, indem er nach der Schule hierherkommen kann", sagte Mr. Ezra. „Aber was ich nicht gebrauchen kann, sind diese verdammten Ämter. Mein Sohn braucht seinen Vater, keine Pflegefamilie."

„Er braucht Ihre Anwesenheit in seinem Leben. Er braucht Kleider für die Schule. Er braucht Medikamente, wenn er krank ist."

Sean ließ den Hammer fallen, als er auf den Mann zutrat. Jeder von ihnen stand neben einem von zwei gegenüberliegenden Pfosten des kaputten Zauns.

„Wer sind Sie, dass Sie mir erzählen wollen, wie man sich um ein Kind kümmert?"

„James ist schon seit einer Weile krank. Und Sie tun einfach nichts?"

„Ich tue alles, was ich kann. In der Poliklinik gibt es eine Warteliste. Ich habe dort angerufen, als er angefangen hat zu husten, aber sie haben uns erst einen Termin in einem Monat gegeben."

„Er war hier auf der Ranch bei unserer Krankenschwester. Sie hat ihm ein Rezept gegeben. Aber Sie haben es nie eingelöst."

„Was für ein Rezept?"

„Wir haben es ihm letzte Woche gegeben. Ich habe ihm das Geld dafür gegeben."

„Was für Geld?" Doch kaum hatten die Worte Mr. Ezras Mund verlassen, als er auch schon die Augen schloss und fluchte. „Daher kam also das Bündel Geldscheine."

Mr. Ezra presste die Lippen aufeinander. Er fuhr sich mit der Hand über die Stirn und griff sich dann ans Herz. Er brauchte ein paar Anläufe, bis es ihm gelang zu sprechen. Es war klar, dass dem Mann vor Rührung die Worte fehlten.

„Ich habe diesen Monat die Miete nicht bezahlen können. Es war nicht das erste Mal, und ich hatte schon Angst, dass sie uns dieses Mal hinauswerfen würden. Aber dann tauchte auf einmal das Geld auf." Mr. Ezra schluckte bei den letzten Worten. „Als ich es in meiner Schublade gefunden habe, habe ich gedacht, ich hätte es nur verlegt gehabt und es wäre mein Glückstag. Aber es kam also von James."

Was sagte er da? Hatte James das Geld, das Sean in seinen Rucksack gesteckt hatte, in die Schublade seines Vaters gelegt? Hatte das Kind seine eigene Gesundheit geopfert, um seinem Vater dabei zu helfen, die Rechnungen zu bezahlen?

„Seine größte Angst ist es, dass er in eine Pflegefamilie muss", fuhr Mr. Ezra fort. „Das kann bei jeder Zwangsräumung passieren. Wir hatten schon früher mit dem Sozialamt zu tun. Sehen Sie, ich war früher drogenabhängig. James' Mutter auch. Aber seit ich den Jungen zum ersten Mal gesehen und in meinen Armen gehalten habe, habe ich nie mehr eine Droge angerührt. Über seine Mutter kann ich das leider nicht sagen. Aber ich gebe sie nicht auf. Man gibt seine Familie nicht auf. Ich tue für ihn das Beste, was ich kann. Ich sorge für ein Dach über seinem Kopf und für Essen in seinem Bauch. Ich hätte ihm auch die Medikamente besorgt."

Sean wusste nicht, was er sagte sollte. Seine Familie hatte nie solche Entscheidungen treffen müssen, wie es dieser Mann tun musste. Sie hatten sich nie zwischen einem Dach über dem Kopf und ihrer Gesundheit entscheiden müssen.

„Haben Sie Kinder?", fragte Mr. Ezra.

Sean zögerte. Hatte er das? Das Kind mit Ruhi war nicht von seinem Blut, aber er spürte eine Verbindung zu dem Leben, das in ihr heranwuchs. Nicht nur, weil er die Mutter des ungeborenen Kindes liebte, sondern weil er der Erste war, der von der Existenz des Babys gewusst hatte; weil er ange-fangen hatte, Pläne zu machen; weil er sein Leben für das Kind geändert hatte. Sean hatte Verantwortung übernommen. Und er wollte nicht, dass man sie ihm wieder wegnahm.

„Ich kann sehen, dass Sie das haben", sagte Mr. Ezra. „Also verstehen Sie, dass man alles tut, was nötig ist, um sein Kind zu beschützen. Ich habe in vielem versagt. Aber ich werde nie aufhören, für ihn da zu sein."

Das verstand Sean. Er wusste, dass er das ungeborene Kind nicht einfach aufgeben konnte. Und er würde ganz sicher nicht seine Ehe aufgeben.

„Hören Sie, ich werde es Ihnen zurückzahlen. Wir brauchen keine Almosen."

„Es waren keine Almosen", sagte Sean.

Mr. Ezra schüttelte den Kopf, aber Sean hob die Hand.

„In dem Moment, in dem Sie diese Ranch betreten haben, sind Sie Teil unserer Familie geworden", sagte Sean. „Dagegen können Sie gar nichts tun. Und in einer Familie lässt man einander nicht im Stich. Das haben Sie gerade selbst gesagt."

Wieder presste Mr. Ezra seine Lippen aufeinander. Er fuhr sich mit dem Handrücken über die Stirn. Sean konnte sehen, dass sein Widerstand allmählich brach.

„James hat gesagt, dass Sie Mechaniker sind. Wir

haben einen Traktor, den man sich mal anschauen müsste."

Nach einem Augenblick des Zögerns sagte Mr. Ezra: „Ich kann ihn mir anschauen. Aber es gibt keinen Familienrabatt."

Er verzog sein Gesicht zu seinem Lächeln und streckte Sean die Hand entgegen. Sean musste grinsen, als er die Hand schüttelte. Diese Ranch war wirklich talentiert darin, neue Familienmitglieder zu finden.

Als Sean und Mr. Ezra sich umdrehten, um auf die Scheune zuzugehen, in der sich der kaputte Traktor befand, kam gerade ein Prius die Zufahrtsstraße herunter. Der Mann hinter dem Lenkrad war kein Familienmitglied, das Sean besonders gern finden wollte. Das Auto gehörte Michael.

KAPITEL ZWEIUNDZWANZIG

Ein stechender Schmerz in ihrem Bauch riss Ruhi aus dem Schlaf. Ihre Atemzüge waren schnell und keuchend. Ihr Puls raste. Ihr Herzschlag dröhnte in ihren Ohren. Kaum hatte der Schmerz sie durchbohrt, war er auch schon wieder verschwunden. Zurück ließ er nur ein verzweifeltes Sehnen in ihrer Brust.

Ruhi griff sich an die Brust, überzeugt, dass sie ein Reißen gespürt hatte. Je mehr sie rieb, desto tiefer fühlte sich die Wunde an. Als Krankenschwester wusste sie, dass es gebrochene Herzen tatsächlich gab. Der emotionale Stress einer Trennung oder bei Beziehungsproblemen konnte sich in greifbaren, körperlichen Symptomen äußern.

Sean hatte sie nur wenige Stunden in den Armen

gehalten. Aber ohne seine Arme, die sie umgaben und sie unterstützten, fühlte sie sich, als habe sie einen Teil ihres Körpers verloren. Ob das so war, wenn man sich verliebte?

Sie hatte sich auf die Liebe eingelassen und es war herrlich gewesen. Doch nun war sie wieder zurückgestoßen worden und es schmerzte mehr denn je zuvor.

Sean hatte nicht direkt mit ihr Schluss gemacht. Aber sein stiller Vorwurf war schlimmer als all die Trennungsfloskeln, die sie schon gehört hatte. Sein enttäuschter Blick traf sie tiefer als die Gesichter, die ihre Eltern in Bezug auf all ihre Verflossenen gemacht hatten.

Ruhi wollte kein Leben ohne dieses Lächeln, das man sich verdienen musste. Sie wollte sich nicht noch weiter von seiner warmen Umarmung entfernen. Sie musste sich überlegen, wie sie ihn zurückgewinnen konnte.

Ein Klopfen war an der Haustür zu hören. Ruhi sprang aus dem Bett, um zu öffnen. Doch auf dem Weg durch das Wohnzimmer verlangsamten sich ihre Schritte.

Sean würde nicht an seine eigene Haustür klopfen. An ihre Schlafzimmertür, ja. Aber nicht an seine Haustür. Es war auch unwahrscheinlich, dass er seinen Schlüssel vergessen hatte. Und selbst wenn, schlossen die Bewohner der Ranch selten ihre Türen ab, ganz besonders nicht tagsüber.

Ruhi wollte mit niemand anderem reden. Ganz besonders nicht, wenn das hier eine Diskussion darüber werden würde, dass sie das Kind des einen Mannes in sich trug, während sie einen anderen geheiratet hatte. Sie blickte durch den Türspion. Nein, dem Mann auf der anderen Seite der Tür wollte sie ganz bestimmt nicht gegenübertreten. Aber sie musste reinen Tisch machen.

Sie öffnete die Tür, um Michael einzulassen.

Beim Anblick von ihm, wie er da in Hemd und legeren Hosen vor ihr stand, spürte Ruhi einen dumpfen Schmerz in ihrem Rücken. Ihr Herzschlag blieb gleichmäßig. Hatte sich ihr Herz je in seiner Gegenwart überschlagen? Sie konnte sich nicht daran erinnern, dass es einmal einen einzigen Schlag lang ausgesetzt hatte.

Michael schaltete sein strahlendstes Lächeln ein. Ruhi blinzelte zu ihm hinauf. Nein, es gab keinen Funken. Zwischen ihnen hatte es nie wirkliche Anziehung gegeben; sie hatten nur zueinander gepasst.

Nach einem Moment verwandelte sich sein

Lächeln in ein Stirnrunzeln und er wich einen Schritt zurück. „Du siehst furchtbar aus."

Ja, vermutlich tat sie das. Ihre Augen waren geschwollen von all den Tränen, die sie in der vergangenen Nacht vergossen hatte. Ihre Wangen waren aufgequollen, weil sie auf der Seite geschlafen hatte, mit ihrem Gesicht auf den Händen. Zum Teil hatte sie damit versuchen wollen, Seans sanfte Berührung nachzuahmen; aber es war auch unbequem geworden, auf dem Rücken zu liegen. Und ihr Haar war vermutlich so unordentlich und verknotet, dass man es für ein Vogelnest halten konnte.

„Du wohnst jetzt hier?", fragte Michael, als er eintrat.

Ruhi wischte sich mit der Hand über das Gesicht, bevor sie antwortete. „Ja, ich bin erst vor ein paar Tagen eingezogen."

„Seid ihr verlobt?" Michaels Augen hefteten sich auf den Ring an ihrer linken Hand.

„Verheiratet", bestätigte sie.

Ungläubig schüttelte Michael den Kopf, presste die Finger an seine Schläfen und machte eine Geste, als würde sein Hirn explodieren. „Wir haben uns erst letzte Woche getrennt und du bist schon verheiratet?"

„Und schwanger", nickte Ruhi. Dann beschloss

sie, kurzen Prozess zu machen. „Ich bin in der sechsten Woche."

Michaels Mund blieb offen stehen. Seine Kiefer bewegten sich, als wollte er noch etwas sagen. Er blinzelte. Dann blinzelte er noch einmal.

Ruhi beobachtete, wie Michael in seinem Kopf nachrechnete. Sie wusste, dass er Eins und Eins zusammengezählt hatte, als er einen Schritt von ihr zurückwich. Genau, wie sie erwartet hatte.

Ein kleiner Teil von ihr hatte gehofft, er würde die Verantwortung übernehmen. Nicht, weil sie mit ihm zusammen sein wollte, sondern weil sie ihrem Kind gern die Gelegenheit gegeben hätte, seinen leiblichen Vater kennenzulernen.

„Keine Sorge", sagte sie. „Du musst keine Verantwortung für dieses Baby übernehmen, wenn du das nicht willst. Mein Mann ist großartig. Er wird ein wunderbarer Vater sein."

„Moment." Michael hielt seine Hände hoch. „Warte mal eine Sekunde. Du überfällst mich einfach mit all dem. Dabei weißt du seit mindestens einer Woche, dass du mit meinem Kind schwanger bist."

Nun, immerhin stritt er die Vaterschaft nicht ab. Das gab einen Pluspunkt für ihn.

„Du hattest genug Zeit, um zu heiraten und

umzuziehen. Aber du hast es nicht geschafft, mich anzurufen und mir zu sagen, dass ich … dass ich …?"

Michael blickte von ihrem Gesicht auf ihren Bauch und wieder zurück. Ganz gleich, wie oft er neuen Anlauf holte, es gelang ihm nicht, seinen neuen Titel über die Lippen zu bringen.

„Ruhi, das ist ein ziemlich großer Brocken. Gib mir wenigstens fünf Minuten, um das zu verarbeiten."

Michael schritt in seinen Lederschuhen von einer Seite des Zimmers auf die andere. Er warf ihr ein paar Seitenblicke zu, schloss dann die Augen und nahm seinen Weg wieder auf.

Ruhi setzte sich auf die Couch. Er würde vermutlich eine Weile damit beschäftigt sein, sich zu fangen. Und sie konnte es ihm nicht verdenken. Sie hatte mehrere Tage gebraucht, bis sie ihren Zustand akzeptiert hatte. Und das, während ihr die ganze Zeit übel gewesen war.

Zum Glück hatte ihre Morgenübelkeit nur ein paar Tage angehalten. Jetzt war nur ein dumpfer Schmerz zurückgeblieben. Sie war sicher, dass dieser Schmerz geheilt werden würde, sobald sie sich mit ihrem Mann versöhnt hatte.

Doch der Schmerz in ihrem Inneren wurde stärker. Stechender. Beinahe so, als würde er sie von innen heraus durchbohren.

„Weißt du, ich bin eigentlich vor allem hergekommen, weil die von ‚Ärzte ohne Grenzen‘ dich erreichen wollten“, sagte Michael. Aber seine Stimme klang weit entfernt. „Du bist in den letzten Tagen weder an dein Arbeitshandy gegangen noch an dein privates. Sie haben sich bei mir gemeldet, weil sie wussten, dass wir Kollegen sind. Sie wollen, dass du auch …“

Den Rest von dem, was Michael sagte, hörte Ruhi nicht mehr. Ihr gesamtes Sein konzentrierte sich nur noch auf die stechenden Schmerzen in ihrem Rücken. Ihr Kopf war die ganze Nacht und den ganzen Vormittag über benebelt gewesen. Aber erst als die Symptome sich verschlimmerten, diagnostizierte ihr medizinischer Verstand, was wirklich mit ihr geschah.

„Ruhi?“

Der Schmerz durchbohrte sie so stark, dass sie sich vornüberbeugen und nach Luft ringen musste. „Irgendetwas ist mit dem Baby. Würdest du bitte meinen Mann suchen?“

KAPITEL DREIUNDZWANZIG

Sean schritt auf dem Fliesenboden des Krankenhauswartezimmers hin und her. Reed und Sarai saßen in einer der Stuhlreihen. Maggie und Eva saßen ihnen gegenüber. Sie waren alle vornübergebeugt und die Sorge lastete schwer auf ihren Schultern. Dylan, Fran und Xavier waren noch auf der Ranch, riefen aber alle dreißig Minuten an und hatten vor, ins Krankenhaus zu kommen, sobald alle Arbeiten erledigt waren und die Jungen aus dem Jugendprojekt wieder im Schulbus saßen.

Dr. und Mrs. Patel saßen auf der Couch an der Wand, die den Schwingtüren gegenüber lag, durch die Ruhi vor zwei Stunden von den Ärzten gebracht worden war. Während alle auf der Ranch genau

Bescheid wussten, wie es zwischen Sean und Ruhi aussah, hatten ihre Eltern immer noch keine Ahnung. Sean hatte ihnen die ganze Situation erklären müssen – von ihrer Schwangerschaft über den wahren Vater des Kindes bis zu der Vereinbarung, die er mit Ruhi getroffen hatte.

Er hatte erwartet, dass die Patels verärgert, bestürzt oder enttäuscht sein würden. Und sie waren auch auf jeden Fall überrascht gewesen. Aber keine einzige Falte des Ärgers oder der Enttäuschung ob ihres Verrats zeigte sich in einem ihrer Gesichter.

Dr. Patel klopfte Sean auf den Rücken und drückte dann seine Schulter. Mrs. Patel umarmte ihn herzlich und küsste ihn auf seine vernarbte Wange. Dann zogen sich beide in die Ecke zurück, um zu warten.

Michael stand am Fenster und blickte hinaus. Hin und wieder warf er kaum verhohlene Blicke auf seine Uhr.

Sean ging zu ihm hinüber. „Wenn Sie einen Termin haben, lassen Sie sich nicht von uns aufhalten."

Michael runzelte die Stirn, während er seine Hand in die Tasche steckte. „Sie hat mir nichts davon gesagt, wissen Sie. Ich habe es gerade erst erfahren. So etwas verändert das ganze Leben."

Sean wusste das. Aber er hatte nicht gezögert, als er Ruhis Zustand erraten hatte. Er hatte sich der Verantwortung gestellt, obwohl es gar nicht seine Aufgabe gewesen wäre.

„Ich habe eigentlich andere Pläne", fuhr Michael fort. „Ich bin noch nicht bereit dazu, Vater zu werden. Vielleicht bin ich das nie."

Als er diese Worte hörte, erwartete Sean, von Erleichterung erfasst zu werden. Denn das würde bedeuten, dass Michael nicht Teil ihres Lebens sein würde. Sean war froh darüber, was das für seine Ehe bedeuten würde. Doch er freute sich nicht darüber, was es für das unschuldige ungeborene Kind bedeutete.

„Ich will hier nicht als der Böse dastehen", sagte Michael. „Ich bin nur überrumpelt und unvorbereitet. Ich hatte gar keine Chance, über meine Optionen nachzudenken und einen Plan zu machen."

Dieser Mann war Ruhi so ähnlich mit seinem Bedürfnis, alle Details des Lebens zu planen. Doch das Leben verlief nun einmal nicht immer nach einem Plan. Schließlich gab es doch dieses alte Sprichwort: Der Mensch denkt, Gott lenkt. Sean war überzeugt, dass Gott seine eigenen Pläne machte und sich nicht darum kümmerte, was die Menschen sich überlegt hatten.

Es störte ihn nicht. Gott konnte tun, was er für das Beste hielt – solange Sean das Kind und die Frau behalten durfte.

„Hören Sie", sagte Michael. „Es war eigentlich gar nichts zwischen mir und Ruhi. Es war nur eine ganz lockere Sache. Ich meine, ich habe es nicht auf sie abgesehen."

„Nun, ich schon", sagte Sean. „Ich habe sie. Und ich werde sie nicht loslassen. Ich werde auch das Kind nicht hergeben."

Irgendetwas flackerte in Michaels Augen auf. Sean wusste nicht, ob es Erleichterung war.

„Aber das hier ist eine große Familie", sagte Sean. „Es gibt auch Platz für Sie, falls Sie sich entscheiden sollten, am Leben Ihres Kindes teilhaben zu wollen."

Sean hielt ihm seine Hand hin. Michael starrte eine volle Minute darauf. Verwirrung und Unsicherheit lagen auf seinem Gesicht. Schließlich streckte er seine Hand aus und ergriff die von Sean. Doch sein Handschlag war nicht besonders fest.

Über Michaels Schulter hinweg sah Sean, wie Dr. Patel anerkennend lächelte. Sean hatte gedacht, er und Michael wären weit genug entfernt, so dass die anderen nichts hören würden. Aber natürlich hatten alle die Ohren gespitzt.

„Das schließt uns ein", sagte Mrs. Patel.

„Uns auch", sagte Reed.

Michael blickte zu der kleinen Gruppe aus Ruhis Familie und Freunden hinüber. Sein Gesicht verzog sich und es wirkte, als fühle er sich anhand all der offenen Arme unbehaglich. Das war vermutlich auch nicht Teil seines Plans gewesen – nicht so eine große Familie.

Die Doppeltüren schwangen auf und die Ärztin, die Ruhi begleitet hatte, erschien. Die weißhaarige Frau blickte hinunter auf ihr Klemmbrett und nicht auf die Menschentraube, die auf sie zustürzte.

„Wer ist der Vater des Kindes?", fragte die Ärztin.

Sowohl Sean als auch Michael traten vor. Doch Michaels Schritt war unsicher, und schließlich blieb er neben den anderen stehen. Sean hingegen ging zu der Ärztin hin.

„Wie geht es meiner Frau?"

„Es geht ihr gut."

„Und das Baby?", fragte Mrs. Patel.

„Dem Baby geht es auch gut. Es sind nur leichte Krämpfe. Das ist nichts Ungewöhnliches. Aber Mrs. Jeffries wird eine Weile Bettruhe halten müssen."

„Darf ich zu ihr?", fragte Mrs. Patel.

„Sie hat nach ihrem Mann gefragt", erwiderte die Ärztin.

Sean hörte seine eigenen Schritte, als er den Flur zu Ruhis Zimmer hinunterging. Seine Handflächen waren verschwitzt und leer. Dann griff der kalte Stahl nach ihm, als er den Türknauf drehte.

Ruhi lag im Bett und blickte aus dem Fenster. Ihre Hand strich gedankenverloren über ihren Bauch. Sie drehte sich zu Sean um und er sah einen Funken in ihrem Blick. Er spürte, wie dieser Funken seinen Körper entfachte. Leise schloss sich die Tür hinter ihm.

„Sean."

Sie streckte die Hand nach ihm aus. So viel schwang darin mit, wie sie seinen Namen sagte. Erleichterung, Verletzlichkeit, Hoffnung. Liebe.

Sean zögerte nicht. Er lief zu ihr und zog sie in seine Arme. „Es tut mir so leid, dass ich dich gestern Abend einfach habe stehen lassen."

„Ich hätte dir das über Michael erzählen sollen. Ich hätte Michael von dem Baby erzählen sollen. Ich habe es ihm gesagt."

„Ich weiß. Wir haben es geklärt."

„Ihr? Wir? Wer?"

„Ich und Michael. Wir sind einer Meinung. Ich habe das Sorgerecht für dich bekommen."

Zuerst verengte sie ihre Augen. Dann dämmerte es ihr. Sie warf den Kopf zurück und lachte. Der Klang war wie ein Zauber. Er durchströmte seinen Körper mit einer Wärme, die ihm das Gefühl von Sicherheit, Gewissheit und Befreiung gab.

„Er glaubt, er habe die bessere Karte gezogen", sagte Sean.

„Was ist mit dem Baby?", fragte Ruhi.

„Im schlimmsten Fall wird dieses Kind einen Vater und ein halbes Dutzend Tanten und Onkel haben und es werden sich mehr Menschen um es kümmern, als es je zählen wird. Diesem Baby wird es an nichts fehlen, genau wie seinem oder ihrem Vater."

„Denk daran, dass ich mich für dich entschieden habe", sagte sie. „Und ich werde mich immer wieder für dich entscheiden. Ich möchte mein Leben mit dir verbringen. Ich möchte dieses Kind gemeinsam mit dir aufziehen. Ich möchte mein Leben mit dir planen. Ich bin wegen dir ziemlich hingefallen. Aber einmal reicht mir. Es hat ganz schön wehgetan. Jetzt möchte ich nur noch mit dir zusammen aufstehen."

„Ich weiß zwar nicht genau, was das bedeutet, aber wenn du das willst, dann werde ich dafür sorgen, dass du es bekommst."

„Es bedeutet, dass ich dich liebe."

Sean schloss die Augen und genoss den Klang dieser Worte. Ruhis Licht und ihre Liebe würden sein Leuchtturm in der Nacht sein. Er wusste, dass es noch ein langer Weg werden würde, bis er mit seinen Dämonen zurechtkommen würde, aber nun hatte er einen Engel auf seiner Seite.

„Ich liebe dich auch", sagte er und blickte hinunter auf seine Frau. „Ich verspreche dir, dass ich immer auf dich zugehen und nie mehr vor dir davonlaufen werde."

Ruhi legte ihre Hand auf seine Wange. Er hätte schwören können, dass es ihre Berührung war, die ihn geheilt hatte. Von außen waren seine Wunden hart und steif geworden. Doch Ruhi drang in sein Inneres vor, und sein Herz schlug schneller bei dem Gedanken, sie an sich zu ziehen, sie festzuhalten und zu beschützen, solange sie lebten.

Sie war das Ziel, das er schon immer im Visier gehabt hatte.

EPILOG

„Warum mussten wir so weit fahren, nur um irgendwelche Musik zu kaufen? Hätten wir sie nicht einfach aus dem Internet herunterladen können?"

Xavier sandte ein stilles Gebet für die Jugend von heute nach oben. Teenies wie Carlos waren es viel zu sehr gewohnt, dass ihnen alles per Mausklick sofort zur Verfügung stand. „Ich möchte aber keinen digitalen Download. Wir sind zu diesem Laden gefahren, weil ich das Album kaufen will."

Carlos' Gesicht zeigte seine Verwirrung.

„Du weißt, was ein Album ist, oder?"

„Ja, das sind mehrere Songs, die zusammengehören. Die stehen in einer Liste unter dem Albumtitel und man kann sie alle zusammen als ein Download kaufen."

Xavier konnte nur noch den Kopf schütteln. Die meisten Jugendlichen von heute hatten noch nie das Kratzen einer Schallplatte gehört, das Geräusch der Nadel auf dem Vinyl oder das Quietschen, wenn ein Teil der Platte übersprungen wurde. Alles, was sie kannten, war die makellose Wiedergabe von Einsen und Nullen, keine analogen Schallwellen.

„Wow, das sieht ja aus wie in einem alten Film", sagte Carlos.

Xavier brachte seinen Pickup vor einem kleinen Plattenladen zum Stehen. Es war einer der letzten im ganzen Staat und vermutlich einer der wenigen, die es in den USA noch gab. Genau wie die kleinen Buchläden und Videotheken verschwanden auch die Plattenläden immer mehr aus dieser modernen Welt des Onlineshoppings, der Streamingdienste und der Gratisdownloads.

Xavier hatte nicht grundsätzlich etwas gegen die digitale Welt. In ihr war es viel leichter, an die düstere Musik heranzukommen, die er so gern hörte. Er besaß eine gut ausgestattete iTunes-Bibliothek voller gekaufter Musik und in seiner Wohnung befand sich eine ansehnliche CD-Sammlung. Aber er war trotzdem auch ein Traditionalist. Wenn er die Gelegenheit hatte, ein Plattenalbum in der analogen Version zu bekommen, ergriff er sie. Selbst wenn das bedeutete, dafür eine Stunde weit zu fahren.

Er stieg aus dem Auto und betrat das einstöckige Gebäude. Rechts neben dem Plattenladen befand sich ein kleines Diner, in dem nur wenige Gäste saßen. Auf der linken Seite gab es einen Computerladen. Leider brannte kein Licht mehr darin. Vermutlich hatte der Laden vor einer Weile schließen müssen, als die mobilen Geräte die Welt der Technik erobert hatten.

Hinter der Theke des Plattenladens stand eine hübsche Frau. Sie trug Ohrstöpsel und blickte auf ihr Handy und schaute nicht auf, als Xavier an die Ladentheke trat.

„Entschuldigung?"

Die Frau reagierte nicht und er musste seine Frage zweimal wiederholen, wobei er jedes Mal ein wenig lauter wurde. Als er endlich ihre Aufmerksamkeit auf sich gezogen hatte, zogen sich ihre Augenbrauen verärgert zusammen – bis ihr Blick auf sein Gesicht fiel. Sogleich erhellte das verräterische Lächeln des Interesses ihre Züge.

Xavier war es gewohnt, dass sich Frauen aufgrund seines Aussehens für ihn interessierten.

Und er hätte sich diese kleine Ablenkung gern gegönnt, wären da nicht die lange Fahrt und der junge Bursche gewesen, der hinter ihm durch die Gänge wanderte.

„Ich habe angerufen", sagte er. „Sie haben ein Album für mich reserviert. *Songs of Faith* von Aretha Franklin."

Sie kramte unter den Ladentisch und tauchte mit dem Album in der Hand wieder auf. „Für Ihre Mutter?"

„Nein."

Xavier war nicht zu mehr Erklärungen bereit. Mit gierigen Händen griff er nach dem Album. Er hatte jahrelang nach dieser Platte gesucht – und endlich hielt er sie wieder in den Händen.

„Sie kostet über hundert Dollar", sagte die Ladenangestellte. „Sie wissen schon, dass Sie das gleiche Album für zehn Dollar bei Amazon bekommen würden?"

Mit einem Ruck wandte Xavier ihr wieder seinen Blick zu, einen Ausdruck des Abscheus auf seinem Gesicht. Warum arbeitete sie in einem Plattenladen, wenn sie die Kunden zur Konkurrenz schicken wollte? Aber eigentlich war das gar nicht wichtig. Er hatte gefunden, was er gesucht hatte. Nun war es Zeit zu gehen.

Doch er brachte es einfach nicht fertig, den Laden sofort wieder zu verlassen, nachdem er die Platte bezahlt hatte. Ein Plattenladen mit seinem muffigen Geruch hatte einfach etwas Faszinierendes an sich. Es machte ihm Freude, die Alben durchzublättern in der Hoffnung, einen Schatz zu finden. Es erinnerte ihn an seine Jugend und an die Zeit mit …

Er schüttelte den Kopf. Nein, an diese Zeit dachte er nicht mehr. Oder an sie. Diese Erinnerungen lagen alle in der Vergangenheit. Vielleicht sollte er das Gespräch mit der verräterischen Verkäuferin doch wieder aufnehmen. Sie war so ganz anders als sie, dass sie ihn ganz bestimmt von der Vergangenheit ablenken würde.

Carlos hatte das Regal mit den Noten gefunden und suchte nach „Final Fantasy". Er war vor kurzem der Schulband beigetreten. Zum Entsetzen aller Frühaufsteher auf der Ranch hatte sich der Junge für das Schlagzeug entschieden.

Xavier blickte zu der Verkäuferin hinüber. Ja, sie mochte eine gute Ablenkung für ein paar Minuten sein. Sie erinnerte ihn daran, wie sehr er sich seit seiner Jugendzeit verändert hatte. Wie wenig er ein Mädchen in einem geblümten Kleid verdient hatte, die nach Flieder im Frühlingswind duftete.

Xavier trat einen Schritt auf die Ladenangestellte

zu, doch irgendetwas hing an seinem Bein. Er blickte hinab und sah, dass ein Kind seine pummeligen Arme um sein rechtes Bein geschlungen hatte.

„Entschuldigen Sie", sagte die Verkäuferin. „Das ist die Tochter meiner Kollegin. Sie spricht nicht. Normalerweise ignoriert sie die Leute."

Xavier starrte auf das Mädchen hinab. Sie hatte ein rundes Gesicht, wie die Engel auf den Bleiglasfenstern in der Kirche seiner Kindheit. Und tatsächlich strahlte ihn das Kind mit einem engelhaften Lächeln an. Doch es waren seine Augen, die seine Aufmerksamkeit erregten und sie nicht mehr losließen. Sie waren stahlgrau mit königsblauen Rändern. Es war, als würde er in einen Spiegel blicken.

Weit entfernt hörte er, wie eine Tür aufging. Verschwommen nahm er mehrere Stimmen wahr. Eine der Stimmen schien verzweifelt zu sein, doch sie klang so vertraut, dass sie Erinnerungen in ihm weckte, die er so lange mit aller Mühe begraben gehalten hatte. Xavier atmete tief ein, um die Schatten der Vergangenheit zu verdrängen, doch der Geruch von Flieder im Frühlingswind ließ ihn schwanken.

„Es tut mir Leid, Mr. Adams. Es kommt nicht wieder vor. Ich suche gerade nach einer neuen Betreuungsmöglichkeit für Alex und … Alex? Alex?"

Das kleine Mädchen ließ Xaviers Bein los und rannte hinüber zu der Frau, die aufgeregt nach ihr rief. Als die Frau das Kind sah, stieß sie einen Seufzer der Erleichterung aus und schloss das kleine Mädchen in ihre Arme.

„Alexandra, wo warst du? Ich habe dir doch gesagt, dass du auf dem Stuhl sitzenbleiben sollst, bis Mamis Besprechung zu Ende ist."

Alex grinste und zeigte auf Xavier, der sich nur noch auf den Beinen hielt, weil er sich an einen Plattenständer gelehnt hatte. Der erleichterte Seufzer, der der Frau gerade entfahren war, verwandelte sich in ein entsetztes Keuchen, als sie Xaviers Blick begegnete.

„Xavier?"

„Cassie?"

Er war sich nicht sicher, ob er ihren Namen laut gesagt hatte. Es war über zwei Jahre her, seit er den Namen seiner ersten und einzigen Liebe zum letzten Mal ausgesprochen hatte. Beinahe fünf Jahre waren vergangen, seit er sie zum letzten Mal gesehen hatte.

Und nun stand sie vor ihm und hielt ein Kind an der Hand, das nicht älter als vier sein konnte. Ein Kind, das seine Augen hatte.

Hat Xavier ein heimliches Kind?
Lesen Sie, wie der berüchtigte Bad Boy der Purple Heart
Ranch das brave Kleinstadtmädchen aus seiner
Vergangenheit wiedertrifft. Warum mussten sich die
Wege dieser beiden trennen? Und werden sie wieder
zusammenfinden?
Dies und noch vieles mehr erfahren Sie in „Hinter seinem
Rücken",
dem fünften Buch über die Paare der Purple Heart
Ranch!